AVENTURES

D'UN

COMMIS VOYAGEUR

EN ESPAGNE

223

HUGUES-ALEXANDRE ROY

AVENTURES D'UN COMMIS VOYAGEUR EN ESPAGNE

BIBLIOTHÈQUE IMPÉRIALE IMPR.

PARIS
A LA LIBRAIRIE DES FRANCS-BOURGEOIS
31, RUE DES FRANCS-BOURGEOIS, 31

CHEZ L'AUTEUR
20, RUE SAINT-MARTIN, 20

1870

AVENTURES D'UN COMMIS-VOYAGEUR

EN ESPAGNE

En 1833 j'étais, depuis trois ans, représentant de la maison C... et Cᵉ, la première et la plus importante, sans contredit, de toutes les maisons de France qui faisaient alors le commerce des laines dans le Midi, lorsque, le 15 juillet de cette même année, à neuf heures du matin, le chef me fit appeler dans son cabinet :

— Monsieur Balthazar, me dit-il, préparez-vous à partir ce soir pour les Pyrénées. Voici mes instructions par écrit ; prenez-en connaissance, et venez me rejoindre ici, à trois heures. A sept heures, la diligence d'Espagne, où votre place sera retenue, vous conduira au pied des montagnes, première étape de votre voyage.

Je savais que les grands approvisionnements de laine qui faisaient de notre maison la première dans ce genre de commerce venaient d'Espagne ; mais ce dont j'étais loin de me douter, c'est que la contrebande fût précisément l'origine dont ils provenaient. Les instructions qui m'étaient données ne me laissèrent aucun doute à ce sujet.

A trois heures, j'étais dans le cabinet du chef qui, de sa main, me faisant signe de m'asseoir :

— Vous avez pris connaissance de mes instructions, monsieur Balthazar? me dit-il avec cet accent incisif dont il accompagnait toutes ses paroles. Vous avez pu vous convaincre en les lisant que je place en vous non-seulement toute ma confiance, mais que je vous mets encore dans le secret des affaires de notre maison. C'est son avenir que je confie donc à votre discrétion, à votre zèle et à votre dévouement. Quant à l'itinéraire que vous aurez à suivre, vous trouverez, à votre arrivée à Saint-Girons, un guide sûr qui est à notre service depuis dix ans : il vous accompagnera dans votre voyage. Sur ce, monsieur Balthazar, bon voyage et prompts résultats.

Et, me serrant cordialement la main, il me donna congé.

A sept heures du soir, j'étais dans le coupé de la diligence de l'*hôtel d'Espagne*, qui transportait les voyageurs à Saint-Girons, où j'arrivai à cinq heures du matin. J'étais en train de reconnaître mes bagages, lorsqu'un homme d'environ trente-cinq ans, haut de taille et portant le costume des montagnards pyrénéens, s'approche de moi et m'adresse à demi-voix ces mots :

— Ne seriez-vous pas M. Balthazar, de la maison C... et Cᵉ?

— Lui-même ; et vous ?

— Je suis Jacques Galey, le guide qui vient se mettre à votre disposition.

— Enchanté, Jacques Galey, de vous trouver à mon arrivée. Mais vous me permettrez de prendre quelque repos après une nuit d'été passée en voiture. Venez à dix heures, nous déjeunerons ensemble et nous règlerons nos affaires.

— C'est entendu.

Dix heures finissaient à peine de sonner à l'horloge de la mairie, que Jacques Galey se trouvait auprès de moi, à l'hôtel. A deux heures, munis d'une *cape*, d'un bâton ferré et de quelques provisions, nous étions hors des murs de la ville de Saint-Girons et nous pénétrions dans la vallée de Castillon. Un soleil tropical surplombait sur nos têtes, et jamais peut-être journée d'été n'avait sévi avec plus de rigueur. A six heures du soir, nous faisions notre entrée dans la jolie petite ville de Castillon, située sur un plateau où se réunissent trois vallées peuplées de villages dont elle est la reine. Enfin, à dix heures du soir, nous étions à la base de cette barrière gigantesque appelée la montagne d'Orle, plongée alors dans la plus profonde obscurité.

— Nous voici arrivés à la *Pucelle*, s'écria Jacques Galey ; c'est la dernière maison de France !

Et me faisant franchir le torrent sur un fragile pont de bois, je me trouvai en face d'un logement adossé à la montagne et dont on n'eût pas même soupçonné l'existence, en plein jour, à deux pas de distance. La *Pucelle* est une auberge, une maison particulière et un asile à la fois. Elle a été construite dans cet endroit perdu, au fond d'une vallée déserte, pour servir de refuge aux voyageurs qui, allant en Espagne ou venant en France, surtout en hiver, ont besoin de trouver un abri. Elle est une halte obligée pour les voyageurs, les mendiants, les proscrits et les malfaiteurs en détresse. On doit s'imaginer quel genre de gîte elle doit offrir.

Après une nuit horrible passée dans la grange de cette affreuse *posada*, nous nous disposâmes à continuer notre route. Il était quatre heures du matin. Les clartés du jour naissant s'étendaient déjà sur la cime des montagnes environnantes et descendaient graduellement dans les vallées. C'est le moment où les montagnards pyrénéens vont à leurs travaux. Ce fut pour nous celui de nous mettre en route, c'est-à-dire de gravir une montagne dont le sommet se perd dans les nues, et qui surgissait devant nous comme une barrière infranchissable. Ici allait commencer, en réalité, mon voyage.

CHAPITRE PREMIER

LES DOUANIERS

Une distance d'environ cinquante pas nous séparait de la montagne d'*Orle*, qui, d'après les géographes, s'élève à 2,425 pieds au-dessus du niveau de la mer. Avant de franchir cette distance :

— Voyez-vous, me dit Jacques Galey en élevant comme indicateur le bout de son bâton en l'air, ce sommet qui se cache dans les nuages? c'est là que nous allons faire notre déjeuner; il nous faut six heures de marche. Pour cela, il convient de ne pas perdre notre temps. Du courage, monsieur Balthazar, et en avant!

Au pied de la montagne apparaissait un étroit sentier raviné par les eaux pluviales. C'est par lui que nous commençâmes notre ascension. A mesure que nous le gravissions il changeait de nature et de direction. Tantôt il se perdait dans une immense forêt de sapins; tantôt il serpentait au milieu d'une vaste pelouse où nous foulions l'herbe jusqu'à mi-jambe; tantôt, enfin, il s'effaçait dans une masse de roches calcaires, de manière à dérouter les yeux les plus clairvoyants.

C'est dans ces circonstances que j'admirais l'intelligence et l'agilité du guide, qui, chargé des manteaux, du linge, du havre-sac rempli de provisions, de ses deux gourdes et de mon portefeuille, marchait leste et droit sur son chemin comme s'il eût été sur une route départementale. Pas d'arrêt, pas d'hésitation sur le sentier à suivre! Disparu dans les bois, dans les pelouses ou au milieu des rochers, il le retrouvait toujours sous ses pas. C'est aussi dans ces circonstances que j'ai reconnu l'utilité du bâton ferré pour se cramponner aux rochers et s'aider dans sa marche.

Depuis quatre heures que nous gravissions ainsi la montagne, mes jambes commençaient à exiger un repos que ne me proposait jamais mon guide infatigable. Je me hasardai à lui en faire la demande.

— Monsieur Balthazar, me dit-il avec gravité, le moment n'est pas propice pour faire ici une halte ; nous la ferons plus haut. Voyez-vous ce nuage qui s'enroule autour de la cime de la montagne, au-dessus de nos têtes ? eh bien ! vous allez le voir descendre et nous envelopper. Avant une heure, un orage formidable va éclater dans la région où nous sommes ; la prudence veut que nous évitions d'en être les victimes. Du courage, monsieur Balthazar, et hâtons surtout nos pas !

Les prévisions de maître Galey ne tardèrent pas à se réaliser. Nous avions accompli à peine une demi-heure de marche forcée, lorsque nous fûmes assaillis tout à coup par ce nuage d'abord imperceptible, qui, se transformant peu à peu en brouillard épais, descendit rapidement le long des flancs de la montagne.

— Vite nos manteaux sur les épaules ! s'écria le guide en me faisant passer ma cape, qu'il portait avec les bagages.

Et, enveloppés de nos manteaux, nous traversons un brouillard noir, humide et froid, qui, succédant subitement aux clartés d'un jour d'été, descendait insensiblement vers la région basse des vallées, tandis que nous gravissions la cime du mont. Au bout d'un temps assez long et d'une marche difficile au milieu de l'obscurité de cette atmosphère humide, nous nous trouvâmes tout à coup et comme par enchantement sous un ciel pur et sans nuages, éclairé par un splendide soleil. On eût dit le changement d'un décor de théâtre.

— Maintenant, monsieur Balthazar, me dit Galey en se dépouillant de son manteau tout mouillé, nous pouvons faire ici une halte et nous réconforter. Vous allez être témoin d'un des plus beaux spectacles que puisse offrir la nature.

Et avisant un tertre gazonné propice au repos, il y déposa nos bagages, auprès desquels nous nous assîmes. De cet endroit, comme du haut d'un observatoire, nous dominions toutes les vallées françaises environnantes, couvertes alors par un immense océan de nuages qui se confondaient vers l'horizon avec le ciel bleu qui s'étendait sur nos têtes. Le soleil dardait ses rayons brûlants sur la surface compacte de cette masse vaporeuse et agitée d'où jaillissaient des éclairs qui la déchiraient en tous sens. Dans ses flancs grondait le tonnerre, dont le bruit, répercuté par l'écho des vallées et se reproduisant indéfiniment, nous faisait l'effet de décharges non interrompues de pièces d'artillerie.

Pendant trois quarts d'heure nous eûmes sous nos pieds un de ces formidables orages dont la sublimité est dans l'effroi même qu'ils inspirent; pendant trois quarts d'heure aussi, je ne cessai d'admirer ce spectacle des éléments en fureur, dont j'étais le tranquille témoin, tandis que les effets se traduisaient peut-être en désastres ruineux pour les habitants des vallées.

Dès que les nuages, réduits en pluie, commencèrent à s'amoindrir, se dispersant en masses légères dans l'espace, le guide s'empressa de se lever de son siége de gazon pour reprendre notre marche. De cet endroit, nous n'avions qu'à contourner un mamelon pour atteindre le sommet de la montagne. Le trajet fut effectué en moins d'une heure, et nous nous trouvâmes aussitôt sur le plateau supérieur d'*Orle*, c'est-à-dire au *Port*.

— Nous voici arrivés, monsieur Balthazar, me dit alors Jacques Galey avec un air de satisfaction que je partageai avec lui de bon cœur. Voilà la limite qui sépare la France de l'Espagne !

Il se dirige aussitôt vers le milieu du plateau, traversé par un petit fossé creusé dans le sens de la longueur de l'arête des Pyrénées, au centre duquel s'élevait une espèce de construction carrée en forme de pyramide.

— Voici la limite officielle ! asseyons-nous sur le territoire des deux pays et procédons aux préliminaires de notre déjeuner.

Tandis que Jacques Galey se préoccupait spécialement du repas, je contemplais les divers points de vue qui se déroulaient autour de moi. Le sommet du *Port-d'Orle* dominant toutes les montagnes environnantes, j'avais devant moi le panorama le plus varié, le plus beau qu'on puisse imaginer.

Du côté de la France, dont les versants boisés sont remarquables par les reflets d'une luxuriante végétation, s'offraient à mes regards étonnés de riches vallées, des montagnes dont je voyais au-dessous de moi les pics qui s'élevaient comme les pointes d'immenses pyramides, et, dans un lointain vaporeux, des sites d'une richesse de tons et de couleurs admirables.

Du côté de l'Espagne, les versants des montagnes m'apparaissaient, au contraire, tout dénudés. D'immenses forêts de sapins se montraient çà et là au milieu des roches calcaires ; quelques vallées venaient seulement, par l'abondance de leur végétation, rompre exceptionnellement la monotonie triste du paysage brûlé par les ardeurs du soleil. Il n'était pas jusqu'au ciel lui-même des deux pays qui n'établit entre eux une ligne de démarcation bien prononcée, correspondant à celle des frontières. Alors que des nuages vaporeux voilaient son azur du côté de la France, il était pur et serein du côté de l'Espagne. Je cherchais à m'expliquer ce phénomène étrange, quand le guide, me rappelant à la réalité du moment :

— Le déjeuner est servi, monsieur Balthazar ; venez donc vous mettre à table ! me cria-t-il avec cette joie qui caractérise un homme dont le ventre est affamé.

Le couvert était mis, en effet, sur nos manteaux étendus au-dessus de l'herbe, et notre menu se composait d'une superbe volaille rôtie, de tranches de jambon fumé, dont le parfum aurait excité notre appétit, s'il en eût été besoin, d'un excellent saucisson et de fromage si renommé d'Alos. Un pain de six livres et deux gourdes remplies, l'une d'excellent vin de Roussillon et l'autre de vieille eau-de-vie d'Armagnac, complétaient notre carte.

Assis autour de ce festin improvisé dont j'admirais l'ordonnance, nous étions en train de lui faire honneur, lorsqu'à l'extrémité du plateau, à notre droite, nous apparaît sortant de dessous terre, un douanier armé de son sabre et de sa carabine au port d'arme, lequel s'avançant hardiment de notre côté, en nous mettant en joue, nous crie d'un ton goguenard :

— Qui vive ?

— Des gens qui ont bon appétit, répond le guide sans se déconcerter.

Et se levant aussitôt, il va à la rencontre du douanier, dont il serre cordialement la main. C'était un ancien camarade, du nom de Forestier, avec lequel il avait fait la dernière campagne d'Espagne. Les deux amis, s'étant mutuellement exprimé les sentiments de leur vieille camaraderie, se rapprochèrent de notre table champêtre.

— Est-ce que tu es seul au poste ? lui demanda le guide.

— Non ; le vieux Crampon est aujourd'hui de service avec moi.

— Fais-le venir ; nous partagerons notre déjeuner ensemble.

A l'instant, Forestier fit retentir l'air du son aigu d'un sifflet, au signal duquel surgit, du côté opposé, un second douanier, comme s'il fût sorti du flanc de la montagne. C'était un homme d'environ cinquante ans, les cheveux blancs, mais solide et vert encore, qui s'avança vers nous en faisant le salut militaire.

Assis tous quatre sur l'herbe, nous procédâmes à notre repas, qui fut bien le plus gai, le plus délicieux et le plus à mon goût que j'aie fait de ma vie, assaisonné, d'ailleurs, par un appétit dont je n'ai plus retrouvé le pareil. Nous étions attablés depuis deux heures, mangeant, buvant et fumant à notre aise, quand la conversation venant à porter sur le service de la douane :

— Vous avez là, dis-je à Forestier, un bien désagréable métier.

— Plus désagréable encore que vous ne pouvez l'imaginer, surtout dans cet infernal pays de montagnes. Dans la plaine, le service est supportable ; mais ici il faudrait être ange ou démon pour l'exercer ; comme je ne suis ni l'un ni l'autre, je me dispose à l'envoyer à tous les diables.

Et comme je lui manifestais le désir de connaître ce qu'on appelle un poste de douanier :

— Venez, dit-il, et vous allez en avoir bientôt satisfaction.

Il me conduisit à l'instant vers l'extrémité du plateau où nous nous trouvions, à l'endroit même d'où il était sorti lorsqu'il s'était montré à nous. Que le lecteur s'imagine un rocher suspendu sur l'abîme ; dans l'anfractuosité de ce rocher, un espace étroit appelé, dans l'idiome de la douane, une *guérite ;* dans cet espace, un sac de peau de mouton étendu sur le sol, servant, en hiver, de lit et de couverture ; un havre-sac en toile pour les provisions, une corniche creusée dans le roc, sur laquelle s'étalaient une paire de pistolets, un poignard et des munitions d'armes à feu, et il aura une idée d'un poste de douaniers.

— De cet endroit, ajouta Forestier, je dois exercer ma surveillance sur ces pics, ces précipices, ces gouffres, ces rochers, ces montagnes en face, et arrêter les *brigands* (contrebandiers) au passage.

— Comment! lui dis-je, où voyez-vous des passages dans ces affreux abîmes, où des chèvres sauvages auraient de la peine à se cramponner, encore moins à se frayer un chemin?

— C'est pourtant par là que se glissent, de jour et de nuit, les fraudeurs espagnols. N'ont-ils pas, les coquins, des jarrets de fer, et avec cela des yeux d'aigle?

— Mais alors, si vous les voyez, que faites-vous?

— Ce qu'il faut faire? Descendre précipitamment les rochers, avec la chance de se briser le corps mille fois, franchir des abîmes que l'on ne devine souvent qu'au moment de plonger dedans, escalader des pics, gravir des pentes, glisser et tomber sur un sentier perdu, pour leur couper la retraite, tels sont les préliminaires de la chasse aux contrebandiers. Et puis, si l'on arrive sain et sauf en face d'eux, il faut lutter, les saisir au corps et, en cas de résistance, les tuer ou en être tué; tels sont le devoir et la consigne du douanier!

— Je comprends maintenant, mon cher Forestier, lui dis-je avec conviction, que vous en ayez assez du service de la douane. Les autres postes ont-ils les mêmes désagréments que le vôtre?

— Celui-ci est encore le moins périlleux de mon cantonnement, me répondit-il; jugez des autres d'après celui-là.

Suffisamment renseigné sur le service de la douane dans les montagnes, nous allâmes rejoindre nos deux convives, en train de se raconter, eux aussi, les petites misères de l'existence humaine. La conversation entre nous se serait prolongée encore, lorsqu'un coup de sifflet, parti du bas de la montagne, venant à retentir, nos deux douaniers se lèvent à la hâte, se dirigeant chacun vers son poste, pour répondre à cet appel. On venait les relever de leur service, dont la durée était de vingt-quatre heures; c'était le signal convenu.

— A notre tour, levons le camp ! ajouta le guide ; il est deux heures de l'après-midi, il faut regagner le temps perdu.

Réunissant aussitôt nos bagages dont il se fit une charge, en moins de dix minutes nous fûmes debout sur nos jambes, prêts à descendre la montagne et à continuer notre route.

Il est un proverbe espagnol qui dit : « Pour gravir une montagne, le diable vous retient; pour la descendre, tous les saints vous viennent en aide. » L'allégorie de ce proverbe ne m'a jamais paru plus vraie que dans cette circonstance. Il nous avait fallu six heures pour opérer l'ascension du *Port-d'Orle;* en moins de deux heures, nous en effectuons la descente. Mais aussi par quels moyens !

Le guide me précédait de trois ou quatre pas. Lorsque le sentier tracé dans les flancs de la montagne était praticable, nous descendions au pas de course ; s'il était coupé par des rochers qu'il fallait contourner pour le retrouver plus bas, aidés de nos bâtons ferrés, nous franchissions ces rochers en ligne droite, afin d'abréger la distance. Mais si le sentier traversait une forêt de sapins où se trouvaient de vastes éclaircies formant des pelouses, alors nous nous mettions à cheval, chacun sur notre bâton ferré, la pointe en arrière et nos pieds en avant, et nous glissions comme en traîneau sur les pentes rapides, avec une vitesse de quinze lieues à l'heure. C'est ainsi que marchant, franchissant ou glissant, en moins de deux heures nous nous trouvâmes au bas de la montagne, sur le territoire espagnol.

— La vallée de Montgar ou *Montgarri*, comme on la nomme dans le pays, commence là-bas, à notre gauche, me dit Jacques Galey en touriste expérimenté ; à son extrémité s'élève comme une citadelle la demeure de José Padillos, le correspondant le plus actif et le plus précieux que votre maison ait dans ces vallées. Demain matin vous pourrez accomplir une partie de votre mission auprès de lui. En attendant, allons prendre gîte chez l'*hostalero* de la bourgade de Montgarri.

En moins de trois quarts d'heure de marche, nous étions arrivés à notre destination. Le lendemain nous fûmes sur pied de très-bonne heure. Le trajet qui séparait Montgarri de la résidence de don José, objet principal de mon voyage, pouvait s'effectuer facilement en trois quarts d'heure. Le chemin qui y conduisait était tracé au milieu de prairies verdoyantes. Notre marche sur des sentiers fleuris et au sein des beautés les plus majestueuses de la nature, fut plutôt une promenade qu'une course.

CHAPITRE II

LA VALLÉE DE MONTGARRY

Nous n'étions éloignés de l'extrémité de la vallée que d'environ un kilomètre, quand sur un plateau adossé à la montagne apparut un groupe d'habitations entourées de murailles. On eût dit une petite citadelle perdue en cet endroit. C'était la *Ciudad* (cité) ou résidence de don José Padillos, le plus riche trafiquant des vallées environnantes, et qu'on eût pu appeler, à bon droit, le *roi de ces vallées*. Nous arrivions sur le plateau où surgissait cette habitation, éloignés à peine de vingt pas de la porte grand ouverte qui, pratiquée dans les murailles extérieures, s'ouvrait dans une vaste cour, quand deux énormes chiens des Pyrénées, venant se poster en sentinelles avancées, firent entendre trois ou quatre aboiements très-accentués. C'était un signal de garde bien connu des habitants du logis.

Aussitôt je vis s'avancer à notre rencontre un homme d'environ cinquante ans, d'une haute taille, aux membres forts et robustes. A sa figure pleine d'énergie se mêlait un air de franchise et de loyauté qui tempérait ce qu'elle pouvait avoir de dur et de sévère. Une bernette de fine laine rouge recouvrait sa tête majestueusement grave ; une veste en velours bleu serrée autour des reins par une riche ceinture de soie écarlate; des culottes en velours bleu comme la veste, au bas desquelles se prolongeaient des guêtres en drap noir d'une extrême finesse, et des chaussures élégantes sur lesquelles brillaient des boucles d'or, composaient son costume, riche dans sa simplicité et qu'il portait avec aisance.

— Soyez le bienvenu, monsieur Balthazar, me dit-il en m'abordant; j'étais prévenu de votre visite. Par la mort du Christ! elle me fait plaisir, ajouta-t-il ensuite en forme de satisfaction personnelle.

Don José, posant amicablement sa main droite sur mon épaule, me fit traverser avec lui la vaste cour qui précédait un superbe logement à deux étages dans lequel il m'introduisit jusqu'à son salon du rez-de-chaussée, richement et confortablement meublé. L'aisance, le bien-être et la fortune éclataient dans cet intérieur. Après un entretien d'un quart d'heure et quelques explications fournies sur l'objet de mon voyage, mon hôte m'invita à le suivre dans une autre partie de sa résidence, celle qui formait le centre de son commerce.

Le bâtiment principal, occupé par toute la famille de don José Padillos, était situé entre deux cours carrées, dont nous avions traversé la première. La seconde se trouvait entre l'habitation principale et la montagne, dont elle était séparée par des murailles et un précipice. Cette seconde cour était vaste et renfermait trois constructions différentes, qui constituaient le siége réel de la contrebande, que pratiquait don José sur la plus grande échelle; contrebande qu'il appelait honnêtement *trafic* ou *commerce*.

La construction de face, qui occupait toute la longueur de ce côté de la cour, était fermée par trois larges et doubles portes en bois qui s'élevaient du sol au toit; c'est vers cette construction que me conduisit don José. Et comme s'il eût voulu me ménager une surprise inattendue, il fit ouvrir tout à coup les trois gigantesques portes en m'introduisant dans l'intérieur. C'était un immense magasin, ou plutôt un vaste hangar divisé en deux compartiments, dont l'un renfermait des piles de ballots de laine du poids d'environ *soixante-quinze* kilogrammes chacun; et l'autre, une montagne de laines tassées s'élevant du sol jusque sous le couvert. A côté de l'entrée principale, à gauche, était suspendue, à une corde qui descendait du toit, une de ces vieilles romaines qui servaient autrefois à peser les marchandises.

A la vue d'un approvisionnement aussi considérable de laines, je restai ébahi, le contemplant en silence. Don José, qui m'avait ménagé cette surprise, après avoir joui un instant de mon étonnement :

— Croyez-vous maintenant, señor Balthazar, me dit-il en souriant, que je puisse fournir de la marchandise à votre maison?

— J'avoue, don José, que je ne vous en croyais pas aussi largement pourvu. L'essentiel est désormais de la faire arriver sans encombre à sa destination.

— Ceci me regarde ; et pour vous donner une preuve de ma manière d'opérer, je vous ferai assister ce soir à un départ de *los mignons* (contrebandiers), et vous jugerez par vous-même de ce que don José Padillos peut faire pour l'approvisionnement des laines nécessaires à votre commerce.

Ces explications fournies, don José se rendit à ses affaires, en me donnant rendez-vous à six heures, autour de la table du dîner de famille. De mon côté j'allai rejoindre le guide, auquel je demandai quelques renseignements sur le passé du correspondant de notre maison.

— Voici en peu de mots, me dit-il, quelle est l'histoire de don José Padillos. Jeune encore, il y a de cela trente ans, José ou *Joseppo*, comme on l'appelait alors, exerçait le métier de *traginero*, c'est-à-dire de *messager*, comme nous disons en France. Possesseur d'un petit mulet, il parcourait toutes les localités qui, dans l'intérieur de ces vallées, dépendaient des districts de Jacca, Lérida et la Seü d'Urgel, et faisait les commissions de leurs habitants. Tous les villages de la vallée qu'arrose la Noguerra avaient adopté le *traginero* Joseppo, dont ils utilisaient les services à beaux deniers comptant. Ses débuts furent toutefois très-modestes en résultats pécuniaires.

Le métier de messager ne paraissant pas suffire à son ambition, il y joignit le commerce des quadruples d'Espagne. A cette époque, chacune des pièces de monnaie d'or fin avait, au change, en France, une prime de 4 francs 50. Le jeune *traginero* se consacra exclusivement alors à ce commerce, et grâce à un banquier ariégeois, qui lui fournissait des capitaux à compte à demi, il arriva en peu d'années à posséder une petite fortune. Il l'aurait encore arrondie sans une circonstance qui vint traverser tout à coup son industrie de changeur.

Le gouvernement espagnol s'étant aperçu que les quadruples devenaient de plus en plus rares dans la circulation, en rechercha la cause. Il la découvrit bientôt dans l'achat que les changeurs français en faisaient avec de grosses primes, pour livrer ensuite ces pièces d'or fin à la fabrication. En conséquence, il défendit, sous les peines les plus sévères, l'exportation des quadruples et une surveillance rigoureuse fut exercée en même temps sur leur sortie du royaume. A partir de ce jour, Joseppo renonça à ce nouveau commerce pour se vouer exclusivement à la contrebande. Il acheta ce coin de montagne, y fit construire ces habitations que vous voyez, et y établit le centre de son commerce de laines. A cette époque, le chef de votre maison s'étant trouvé en rapports avec lui, dans le chef-lieu du département de l'Ariége, il se forma entre eux les relations qui subsistent de nos jours et qui ont fait la fortune de l'un et de l'autre. Telle est, en abrégé, l'existence aventureuse de notre hôte.

Six heures allaient sonner lorsque nous nous rendîmes dans la salle à manger, où je remarquai, parmi les invités, trois grands gaillards bâtis en hercules, qui prirent place auprès de nous à la table de famille. Je renonce à décrire le menu des repas servis dans l'habitation de don José Padillos ; il me suffira de dire que sous le rapport de l'abondance, de la variété et de la rareté des mets, il n'est pas en France de table d'hôte le plus en renom qui puisse lui être comparée. Cela dit, j'ajouterai que le dîner se prolongea pendant plus d'une heure, et qu'il n'offrit d'autre incident que celui que je vais mentionner.

On était à la fin du dessert, au moment où, selon l'usage en Espagne, circulent les vins les plus rares et surtout les plus alcooliques, lorsque, sur un signe qu'avait fait l'hôte, entrèrent dans la salle à manger trois autres gaillards de la taille et de la force de ceux qui se trouvaient à table avec nous. Ayant fait asseoir, à leur tour, les nouveaux arrivés :

— Je vous présente maintenant, me dit-il, mes lieutenants, en me désignant les premiers, et mes sous-lieutenants, en m'indiquant les seconds. Ils composent avec moi tout l'état-major de la place. Vous allez les voir bientôt en fonctions.

Il fit suivre ces paroles d'une série de rasades de vin que l'état-major me parut absorber avec beaucoup d'aisance et de facilité. Je fus un moment où, craignant pour moi-même, je voyais avec regret que les bouteilles ne finiraient pas de succéder aux bouteilles, quand don José exclama :

— Voici le coup de l'étrier !

A ces mots, tous les invités se levèrent de table, sur laquelle on apporta des verres de la forme des choppes, dans lesquels on versa à pleins bords une vieille eau-de-vie qui, au dire de notre hôte, avait vingt années d'âge. Je ne puis affirmer à ce sujet qu'une chose, c'est que, tout en reconnaissant sa qualité supérieure, je jugeai prudent d'en faire un usage modéré. Il n'en fut pas de même des lieutenants et sous-lieutenants, qui en absorbèrent sans sourciller trois pleins verres chacun. Cette libation terminée, on se rendit tous ensemble dans la cour des magasins. Il était environ huit heures, la nuit commençait à s'étendre sur la vallée, dont les objets disparaissaient insensiblement dans les ténèbres.

— Vous allez assister, me dit don José, avec la fierté d'un général d'armée, au départ de mes hommes !

A l'instant, sur l'ordre qu'il donna, trente jeunes gens, forts et robustes, costumés à la catalane, sortirent des magasins. Vingt-quatre étaient chargés chacun d'un ballot de laine qu'il portait appuyé sur ses épaules et rattaché à la tête par une courroie qui lui servait de point d'appui. Un bâton ferré à la main et un poignard à la ceinture rouge complétaient son équipement. Ces vingt-quatre hommes, arrivés au milieu de la cour, se partagèrent en trois bandes de huit hommes chacune ; à la tête de chaque bande se placèrent deux contrebandiers, armés jusqu'aux dents, et que je reconnus être les lieutenants et sous-lieutenants que j'avais vus à table. Ils ne portaient pas de charge.

— Voilà ma troupe en rang de bataille, me dit don José tout attentif à la manœuvre. Le lieutenant et le sous-lieutenant de chaque troupe vont partir en avant, en éclaireurs, pour reconnaître la route et, à leur tour, *los mignons* se conformeront à la direction qu'ils prendront et à leur marche.

A un nouveau signal, les trois bandes, précédées de leurs éclaireurs, sortirent par deux poternes qui s'ouvraient dans les murailles de la résidence, vers la montagne. L'une se dirigea du côté du Port-d'Orle ; l'autre, dans la direction du Port-de-Jalau, et la troisième prit la droite, du côté d'Ax. Elles allaient desservir ce que maître Galey appelait fort judicieusement le courant de l'Ariége.

Don José, qui avait suivi du regard tous les mouvements de ses hommes avec une vive attention, les ayant perdus de vue, se tourna de mon côté, et me montrant un nuage qui couronnait les cimes des montagnes qu'ils gravissaient :

— *Los mignons* auront une belle nuit, me dit-il avec un air de satisfaction qui me fit penser qu'au demeurant, quoique fraudeur et contrebandier, don José Padillos avait un excellent cœur. On sait, dans le langage commun à tous les mortels, ce que signifient ces mots : *une belle nuit*.

Mais dans l'idiome de la contrebande ils n'ont plus la même signification ; car, lui ayant demandé ce qui lui faisait présager la beauté de la nuit :

— Voyez-vous ce nuage ? me répondit-il ; dans une heure il va s'étendre le long de la montagne, et vers minuit, c'est-à-dire à l'heure où *los mignons* arriveront sur les lignes de la douane, ils vont être enveloppés par un orage épouvantable. Le tonnerre, la foudre, les éclairs, la pluie, viendront les soustraire aux regards de ces brigands de douaniers, qui se garderont bien de sortir de leur tanière, et l'expédition arrivera à bon port. Demain au soir, j'en aurai *lo saber* (le cœur net).

Le lendemain, en effet, il apprit qu'après une rencontre des plus sanglantes avec les douaniers, dont deux avaient été tués sur place, *los mignons* avaient sauvé tous les ballots, qui étaient arrivés à destination, en dehors des limites de la douane. Au nombre des deux douaniers morts à leur poste se trouvait le malheureux Forestier, victime d'un service qu'il accomplissait, comme on sait, malgré lui. Forestier avait été un brave soldat, au dire du guide, son ami.

A cette triste nouvelle, je pris congé de don José Padillos, qui voulut nous accompagner jusqu'au bas de la colline où s'élevait sa résidence.

— Que Dieu, la Vierge et les saints vous aient en leur digne garde ! dit-il en nous faisant ses adieux.

Ce salut, si commun en Espagne, ne laissa pas que de m'étonner dans la bouche d'un homme aussi extraordinaire en son genre que don José Padillos, et, lui serrant la main, je le quittai en réfléchissant à part moi aux grandeurs et aux faiblesses de notre pauvre humanité.

CHAPITRE III

UN REPAS DE CHAPELAINS

A peine avions-nous, le guide et moi, mis le pied sur le territoire de Lérida, qu'un pâtre complaisant nous apprit que les vallées qui nous environnaient étaient sillonnées par des bandes de christinos et de carlistes, qui répandaient partout la terreur.

— Gardez-vous de les rencontrer, ajouta-t-il, car il y va de votre tête. Les guérillas carlistes surtout n'ont pas les Français en grande estime ; les chefs seraient très-enchantés de se venger sur vous de la politique de votre gouvernement, qui ne paraît pas affectionner beaucoup la cause de *Carlos Quinto*.

Le guide remercia le pâtre de ses bons avis, et, sans en tenir aucun compte, nous pénétrâmes bravement dans la vallée qui s'offrait devant nous et que l'on nomme la vallée de Sterri. J'ai bien parcouru des vallées dans l'intérieur des Pyrénées, mais jamais je n'en ai rencontré de plus triste et de plus solitaire.

Dans cette vallée, l'herbe y naît, croît et se dessèche sans que la faux vienne la couper. On n'y rencontre aucune habitation, sauf quelques cabanes de bergers, clair-semées sur la cime des monts qui nous environnent. Le silence le plus profond règne dans cette solitude ; il n'est troublé, pendant la nuit, que par les sonnettes des troupeaux que les pâtres promènent dans les bois et les forêts qui s'étendent sur les sommets. Notre marche, au milieu d'une herbe qui nous arrivait à mi corps, n'en fut que plus agréable pour nos pieds brisés par les durs sentiers que nous venions de quitter. Aussi atteignîmes-nous, sans trop de fatigue, l'extrémité de cette vallée du silence aboutissant à une vallée transversale plus riche et plus animée; c'était la vallée du Montgar, que les Espagnols appellent *Montgarri*.

— Nous voici arrivés à notre nouvelle résidence, monsieur Balthazar, me dit le guide avec une satisfaction mal déguisée sous un air d'insouciance.

Il était fatigué, et, je l'avoue, je l'étais plus que lui encore. Après six heures de marches forcées dans les montagnes, on l'eût été à moins.

— Cette vallée, ajouta-t-il, va devenir, pendant trois mois, notre quartier général; vous ne serez pas fâché d'y avoir séjourné, sous le rapport de votre agrément et sous celui des intérêts de votre maison de commerce. Tenez, ajouta-t-il, avançons de quelques pas et la bourgade de Montgarri va se montrer à notre vue, dans sa riante et pittoresque position.

En effet, après une marche d'environ un quart d'heure, et au détour d'un angle que faisait la vallée de Sterri, apparaissent une église et son superbe clocher qui se miraient dans l'eau de la rivière, calme et limpide en cet endroit; et, à côté, un groupe de maisons blanchies à la chaux, dont les unes avaient quelque chose de mauresque dans leur construction, et dont les autres, couvertes de chaume, ne laissaient pas de se distinguer des habitations pauvres que j'avais souvent remarquées dans certains villages français des Pyrénées.

— Ne vous attendez pas, monsieur Balthazar, continua mon guide, à trouver ici des hôtels ni des auberges; excepté un mauvais *hostalero* qui vend du vin et du lard, il n'existe point de maisons qui logent des voyageurs. Est-ce à dire qu'avec notre argent, il nous faudra coucher à la belle étoile et vivre de la générosité des habitants ? Non pas, assurément. Les chapelains se chargeront de nous héberger *en payant*, et nous n'en serons pas plus mal pour cela. Si le prêtre vit ici de l'autel, il vit encore mieux du produit des étrangers qui viennent dans ces parages. Vous en jugerez bientôt par vous-même.

Jacques Galey finissait à peine ces observations, que nous entrions dans le village de Montgarri. Les premiers bâtiments qui s'offraient à nous étaient, à notre droite, une église dont la forme architecturale excluait le nom de *chapelle* qu'on lui donnait ; à notre gauche et en face de l'église, une superbe maison à deux étages, appellée la *capellana*, ce que nous nommons en France un presbytère.

Nous étions arrivés entre l'église et le presbytère, à la recherche de quelque être vivant, quand, derrière le chevet de la chapelle, sur les bords de la rivière, nous avisâmes deux hommes tout de noirs habillés, dont l'un, tête nue et assis sur la rive, une ligne à la main, se livrait à la pêche de la truite; l'autre, le chef couvert d'un long chapeau à la Basile, un long bâton à la main, jouait avec un magnifique chien danois.

— Ce sont les chapelains, me dit le guide en élevant la voix de manière à être entendu d'eux.

Ceux-ci nous ayant aperçus, s'avancèrent aussitôt vers nous avec cette lenteur et cette nonchalance qui distinguent les mouvements des prêtres espagnols, le pêcheur apportant son panier rempli de poissons, et son confrère excitant le chien à des évolutions capricieuses autour de lui.

— Par la Madone ! exclama le premier en nous abordant, c'est ce *demonio* de Jacques Galey !

— C'est lui-même, *padre* Manuel, répondit le guide avec cette familiarité qu'on a avec des gens d'intime connaissance. Comment cela va-t-il? Et vous, *padre* Nadal, s'adressant à l'autre prêtre, comment se porte-t-on à Montgarri ?

Il eût été difficile à ces bons pères de se plaindre de leur santé, car ils étaient gros et gras ; le menton fleuri et la face rubiconde en disaient plus sur ce chapitre qu'un long discours. Aussi se bornèrent-ils à répondre à la question du guide par cet axiome latin :

— *Bene de corpore, male de crumena;* c'est-à-dire, bien du corps, mal de la bourse.

Là-dessus, ils hasardèrent avec une certaine circonspection quelques critiques sur le gouvernement de la reine, sur la guerre civile qui désolait l'Espagne et principalement sur la pénurie de la caisse du ministre des cultes qui, depuis deux années, ne leur avait pas donné un maravédis. Ce dernier fait paraissait surtout affecter profondément les chapelains qui, serviteurs du ciel, me parurent tenir beaucoup aux choses de la terre.

— Eh bien! père Manuel, répliqua le guide, nous vous avancerons quelques *douros* sur l'arriéré du ministre des cultes de la reine. *El señor*, en me désignant, est artiste peintre; il vient prendre des sujets d'étude dans ces vallées, où il séjournera quelques mois; nous vous demandons, en payant, la nourriture et le logement, *el fuego y la agua.*

Pour l'intelligence de ce marché, conclu avec des prêtres, lequel peut paraître étrange à quelques lecteurs français, il importe d'observer qu'en 1833, le clergé espagnol, régulier ou séculier, dépendait encore de la cour de Rome, et que la guerre civile qui désolait alors l'Espagne rendait l'administration des bénéfices de la chapellenie fort précaire, si bien que depuis deux années environ, les chapelains de Montgarri ne vivaient que du produit fort maigre du culte. D'un autre côté, il convient de reconnaître que le clergé inférieur, en Espagne, était loin d'avoir alors l'instruction du clergé français. Fort ignorant, il joignait à cela des mœurs faciles et un genre de vie approchant de la trivialité.

Il était six heures du soir. Mon estomac sentait le besoin de prendre quelque nourriture. J'en fis part au guide, tandis qu'il abordait la question culinaire dans son marché. Or, à sa demande si le garde-manger de la *capellana* était bien pourvu en ce moment, la réponse ayant été que des truites et des pommes de terre composaient toutes les provisions, nous convînmes d'acheter comme supplément un mouton vivant que les pères tueraient et fricoteraient à leur aise, ce qui fut fait sur l'heure, leur laissant le soin de préparer notre repas, ce dont ils paraissaient devoir s'acquitter à merveille.

Pendant cet intervalle, le guide, m'entraînant hors du presbytère, me fit admirer les sites de la vallée, m'expliquant comment presque tous les sommets des monts et des montagnes entièresé taient privés d'arbres, ne laissant apercevoir sur leurs flancs que des landes stériles. Il en attribuait la cause aux bergers qui, pour avoir des pâturages à leur convenance, mettaient le feu aux forêts de pins, sacrifiant le régime forestier de l'Etat aux caprices fantaisistes de leur vie nomade. Il entremêlait ses descriptions de récits plus ou moins pittoresques sur les mœurs et le caractère des Espagnols, qu'il n'avait pas en très-grande estime, et contre lesquels il commençait une violente diatribe, quand la cloche de la chapelle vint changer le cours de ses idées.

— Huit heures, dit-il en s'interrompant; c'est l'*Angelus* qui sonne; c'est aussi l'heure pour nous de prendre le repas du soir. Allons voir si les chapelains se sont brûlés au feu de leurs fourneaux.

En moins de dix minutes nous faisions notre entrée dans la cuisine de la *capellana*, où nos deux prêtres, tête nue et les bras en chemise, avaient déjà dressé la table sur laquelle ils se disposaient à ranger une série de plats qui s'étalaient devant un immense brasier. Les y ayant déposés successivement les uns après les autres :

— A table! s'écria le père Manuel, enchanté de nous montrer un spécimen de son savoir culinaire et de pouvoir festoyer en même temps.

Et nous voilà, tous les quatre, assis devant une rangée de

plats à épouvanter Gargantua lui-même. Jamais de ma vie je n'avais vu le mouton accommodé de tant de manières si diverses. Après le potage de mouton, venaient le mouton farci, le mouton grillé, le mouton à la sauce au piment et au safran, le mouton aux pommes de terre, le mouton rôti, etc. Il y avait de quoi effrayer le ventre le plus affamé.

Ajoutez à cette quantité de plats de viande, qu'accompagnaient des truites, des pommes de terre et des fraises de montagne pour dessert, une quantité non moins considérable de vin pour les arroser, et on aura une idée du repas servi dans la *capellana* de Montgarri. Cet étrange festin se prolongeait depuis une heure, sans autre intermède qu'une mastication alternativement interrompue, lorsqu'une douzaine de jeunes filles, qui faisaient partie de la troupe des faneuses venues, à cette époque de l'année comme les années précédentes, dans la vallée pour aider aux travaux de la moisson, firent irruption dans la salle à manger.

A leur vue, les chapelains, tant soit peu émus par la boisson, se hâtèrent de leur faire l'accueil le plus aimable, auquel répondirent de leur mieux les jolies faneuses, dont la plupart avaient à peine dix-huit ans. Le repas tirant à sa fin, j'assistai à une scène de mœurs espagnoles si étrange, que je ne puis la passer sous silence.

Les jeunes filles étaient assises sur des escabeaux rangés autour de la salle, paraissant désirer que les *padres* leur donnassent un signal. Ceux-ci ne se firent pas attendre longtemps.

Après m'avoir démontré que les Espagnoles valaient bien, sous tous les rapports, les Françaises, et qu'elles étaient surtout plus gracieuses et plus aimables, le père Manuel s'adressa, dans l'idiome du pays, à ces belles filles en leur disant :

— *Niñas*, montrez *al señor Zurbano* combien vous valez mieux que les Françaises !

Et s'asseyant lui-même sur le bord de la table, il fit entendre un double claquement provenant de sa langue et de ses doigts ; aussitôt les douze filles se lèvent spontanément de dessus leurs siéges. Ce signal donné fut suivi immédiatement d'un air de danse que modula le père Manuel, en l'accompagnant du bruit de ses doigts.

A peine la première note de ce chant guttural s'était fait entendre, que les douze filles se mettent à danser avec une *furia* indescriptible. Tantôt c'était l'air d'un *bolero* que le chapelain modulait, et le *bolero* s'exécutait avec la plus rigoureuse précision ; tantôt c'était le *fandango* qui succédait au *bolero*, et les danseuses, changeant de mesure, se déhanchaient en prenant les poses les plus agaçantes et les plus lubriques. Je doute que les dames du ballet du Grand-Opéra mettent autant d'entrain et d'animation dans les pas qu'elles exécutent, au grand applaudissement des spectateurs. C'était un tourbillon de bras et de jambes sans cesse en mouvement, dessinant des poses plus ou moins excentriques.

J'admirais l'ardeur que le père Manuel, la figure rubiconde comme celle d'un Silène et le front ruisselant de sueur, dépensait à varier son système musical, quand le père Nadal, à son tour, quittant tout à coup sa place, se jette au milieu d'une ronde formée par les danseuses et se met à tourbillonner avec elles. Ce prêtre, s'agitant et se démenant au milieu de cet essaim de jeunes filles qui l'agaçaient, l'attiraient et le repoussaient avec une folle gaieté, m'offrit le tableau le plus grotesque qu'il m'ait été permis de voir. Je ne pus m'empêcher alors de rire à gorge déployée, tandis que le guide, d'un air flegmatique et en fumant tranquillement sa pipe, regardait cette scène qui lui paraissait toute naturelle.

La fatigue venant à bout des forces du chanteur, le son de sa musique vocale cessa instantanément, et avec lui, le plaisir de la danse. Les bayadères reprirent leur siége avec le plus grand sang-froid, comme si elles eussent accompli une tâche qui leur avait été imposée. Le père Nadal, essoufflé, se jeta sur un banc ; et le père Manuel, s'emparant du *porro* (une bouteille en verre blanc), y puisa le liquide qui devait humecter son gosier desséché, tout en lui redonnant les forces dont il venait de faire une si large dépense.

Dix heures sonnaient à l'horloge de la chapelle, qui s'élevait à deux pas de nous, lorsque, de mon côté, accablé de fatigue, je hâtai le moment de la retraite. Après force *buenas noches* de la part des chapelains, tant soit peu émus, nous prîmes le chemin de notre logis, qui n'était qu'à quelques pas de la *capellana*. Je dois dire, à la louange de ces deux prêtres bons enfants, que les jolies faneuses imitèrent notre exemple en se retirant, de leur côté, dans le logement commun de l'archiprêtre.

———

CHAPITRE IV

LA RENCONTRE D'UNE GUÉRILLA

Le lendemain, à neuf heures du matin, je goûtais les douceurs du repos chantées par un personnage d'un opéra alors très en vogue :

> Qu'on est heureux de trouver en voyage
> Un bon souper et surtout un bon lit !

lorsque Jacques Galey, très-matinal, selon son habitude, et qui était allé, sans doute, faire une visite aux restes du souper de la veille, à la *capellana*, ouvrit l'énorme porte de ma chambre à coucher à grand fracas, et s'approchant de mon lit :

— Monsieur Balthazar, exclama-t-il, il est cinq heures ! don Alfonso Ramirès, votre correspondant du Val d'Aran, attend aujourd'hui votre visite. Nous n'avons pas de temps à perdre, si vous voulez être auprès de lui avant que le soleil ait atteint le milieu de sa course.

A ce nom de Ramirès, le souvenir de la mission importante que j'avais à remplir s'offrant tout à coup à mon esprit, je me levai incontinent de ma couche improvisée, et, en moins de dix minutes, je fus à la disposition de mon guide, allant droit vers mes effets de voyage.

— Inutile, ajouta-t-il, de prendre nos bagages; la résidence de don Alfonso Ramirès étant fort éloignée, lestes et légers, mettons-nous immédiatement en route. J'ai prévenu les chapelains de votre absence momentanée, que j'ai mise sur le compte de vos courses d'artiste. Nous sommes donc en règle avec nos hôtes.

Mes instructions portaient de voir *el señor Ramirès*, notre correspondant de la vallée d'Aran, et de m'entendre avec lui pour une importante expédition de laines à affectuer dans trois jours. C'était donc dans la direction de la deuxième vallée qu'il fallait porter nos pas. La vallée d'Aran commence à l'extrémité de la petite vallée de Montgarri; nous avions un trajet de quatre heures environ pour arriver au but de notre course. Nous nous mîmes en mesure de l'effectuer au milieu des agréments qui s'offrent aux voyageurs dans les vallées espagnoles, surtout aux heures matinales.

Le soleil éclairait à peine les cimes des monts; dans la vallée, enveloppée encore dans l'ombre, soufflait une brise imprégnée des douces émanations des sapins, des fleurs alpestres et des plantes odoriférantes qui croissent à profusion dans ces montagnes. Le chant des oiseaux, tels que le rossignol, le merle, l'alouette, se mêlait à toutes les autres harmonies de la nature. Le paysage lui-même, dont les premiers rayons de lumière faisaient ressortir les lignes à demi plongées dans l'ombre, venait ajouter son cadre gigantesque de montagnes à ce tableau sublime de la nature à son réveil.

Notre marche s'effectuant ainsi au milieu d'objets si nombreux de distraction, nous étions presque arrivés à la vallée d'Aran, sans que je me fusse aperçu encore du temps que nous avions mis à faire notre route. Je voyageais donc comme un homme content de soi qui n'a pas de but arrêté à atteindre, quand le guide, me montrant en face de nous un rocher qui s'élevait en pyramide sur la cime d'une colline verdoyante, me dit :

— Vous allez voir, monsieur Balthazar, une merveille de la nature dans ce rocher qu'on appelle le *pic du Gar*; il se trouve sur notre route. Je l'ai vu cent fois et je le revois toujours avec plaisir.

Et, ce disant, nous allions gravir le monticule, quand un bruit de mousqueterie se fit entendre à quelques kilomètres de nous, sur le versant opposé de la montagne que nous longions. Après une attention soutenue de notre part pour nous rendre compte de cette fusillade qui se répétait par intervalles :

— Ce sont bien sûr des *guerillas* qui se donnent la chasse, me dit Jacques Galey avec l'accent convaincu d'un homme qui avait été façonné à la petite guerre des montagnes. La prudence, ajouta-t-il, nous commande de renvoyer à un autre jour la visite de la source de la Garonne qui sort du *pic du Gar*. Tournons la montagne et allons droit devant nous rejoindre la vallée d'Aran. Le chemin est plus sûr et nous abrégerons les distances.

Ainsi qu'il l'avait dit, nous descendons le monticule et nous nous engageons dans un vallon perdu, à l'opposé du bruit des décharges de mousqueterie que nous venions d'entendre et qui se répétaient à l'instar d'un feu de peloton. Nous suivions un sentier étroit qui devait nous conduire à l'extrémité du vallon où commençait la vallée d'Aran, et nous étions arrivés à la moitié de notre route, lorsque nous voyons descendre de la montagne, en face de nous et venant à notre rencontre, une bande de cinquante hommes armés, dont l'accoutrement bizarre, composé de vestes aragonaises, d'habits militaires, de casques, de berrettes et de képis de toutes formes, nous indiqua que nous avions devant nous une de ces *guerillas* qui sillonnaient alors les vallées espagnoles.

— Faisons bonne contenance, monsieur Balthazar, me dit le guide avec la fierté d'un vieux soldat qui avait fait la guerre d'Espagne en 1823. N'ayons pas l'air de vouloir rebrousser chemin à l'aspect de ces *guerillas*, mais continuons d'aller droit devant nous.

Il arriva, ce qui était indubitable, que nous devions nous rencontrer en face les uns des autres. C'était au centre du vallon et auprès d'une source ferrugineuse appelée *la font roja* (fontaine rouge), que nous vîmes arriver, en tête de la bande, un jeune homme de vingt-quatre ans environ, revêtu d'une tunique bleue ornée de deux épaulettes blanches et portant un bonnet de police garni de galons d'argent, qui, l'épée nue à la main, nous barra le passage.

— Qui êtes-vous, nous dit-il brusquement, et que venez-vous faire dans ces montagnes ?

— Nous sommes Français, répondis-je avec une fierté qui n'était pas exempte d'aplomb, et je viens avec ce guide, en ma qualité d'artiste peintre, faire une excursion dans ces vallées.

— Dans tous les cas, répondit-il, vous prenez bien mal votre temps, *señor pittore* (M. le peintre).

Et se tournant vers un sous-lieutenant, plus âgé que lui, qui nous faisait serrer de près par les gens de sa troupe, dont les physionomies, en rapport avec leurs habits délabrés, n'étaient pas des plus rassurantes, il lui dit à demi-voix quelques mots en catalan dont je ne compris que ceci : *Que quiere usted ?* (que dites-vous ?)

J'ignore ce qu'il lui répondit ; mais je sais qu'après une pantomime de quelques minutes, pendant laquelle je contemplais les figures de tous ces brigands, il m'adressa de nouveau cette question :

— Quelle est ton opinion politique ?

— En France, lui répondis-je avec assurance, j'ai mon opinion politique ; à l'étranger, je n'en ai pas.

Cette réponse, à la façon de Talleyrand, me fut suggérée par l'ignorance où j'étais si j'avais affaire à une bande carliste ou à une bande de christinos. M'avouer carliste devant des christinos, et *vice versa*, c'était nous exposer à passer par les armes. Mais il paraît que ma réponse ne le satisfit point; car, s'entourant de quatre ou cinq chefs avec lesquels il sembla tenir conseil, tandis que les *guerilleros* nous étreignaient dans un cercle de baïonnettes, il revint à moi :

— Tout cela n'est pas bien clair, ajouta-t-il brusquement, et votre présence ici est plus que douteuse; allons devant l'alcade de Tremp.

Et puis, se tournant vers ses hommes, il commande le port d'armes, et nous plaçant au milieu de la bande comme des prisonniers, nous rebroussons chemin pour nous rendre devant l'alcade du district.

Après une heure et demie de marche forcée en compagnie de ces bandits qui chantaient, gouaillaient et se provoquaient, de façon à passer le temps, nous arrivâmes dans un petit village perdu au pied des montagnes, et dont les maisons couvertes de chaume me parurent être plutôt un repaire de brigands que l'agglomération d'habitations destinées à des travailleurs ou à des cultivateurs. Au nombre de ces maisons, on en distinguait une qui, par exception, avait un toit en briques : c'était le domicile de l'alcade.

Au commandement du lieutenant, la troupe s'était formée sur deux rangs, en face la porte d'entrée; on nous introduisit dans une salle basse, enfumée, et qui avait pour tout mobilier un banc et une table grossière très-élevée. Un gros homme, court, la figure ronde et enluminée, les yeux gris, petits et pleins de feu, prend place à cette table, comme sur un tribunal, et après avoir reçu une communication secrète du chef de la troupe, il nous interpelle, avec un air de colère concentrée, sur notre identité et sur les motifs de notre présence dans les vallées.

Notre réponse fut invariablement la même que celle que nous

avions déjà faite au lieutenant, qui se tenait debout, comme assesseur, à côté de l'alcalde.

— Ce sont des espions, dit l'alcalde, en accompagnant ces mots d'un mouvement d'impatience. Qu'on les fouille!

Quatre de ces bandits, aidés du sous-lieutenant, procèdent instantanément à nous débarrasser de tout ce que renfermaient nos poches. On me prit 250 francs en or, un couteau-poignard, ma montre, un portefeuille vide alors de tout papier, mon manteau et le bâton ferré de voyage qui ne me quittait jamais. Jacques Galey n'avait sur lui que 25 francs, son manteau, son bâton dont on s'empara également. Nous avions laissé heureusement nos bagages et mes papiers d'affaires à notre résidence de Montgarri, notre intention étant de ne faire qu'une courte absence. Grâce à ces précautions, le butin dont on s'empara ne se bornait qu'à ces quelques objets.

L'alcalde, déçu sans doute dans ses espérances, se contenta alors de mettre en lieu sûr nos dépouilles, et se tournant vers nous :

— Maintenant, dit-il, vous pouvez continuer votre route!

Et comme, avec un sourire ironique, je lui fis observer que c'était un moyen bien commode de voler les gens, il se leva furieux de dessus son siége :

— Tu raisonnes encore! exclama-t-il; prends garde que je ne te fasse fusiller sur l'heure!

Il n'était pas prudent de répondre à un pareil argument employé par une brute capable de le faire mettre à exécution; nous nous esquivâmes donc de cet antre pour rejoindre notre route, dont nous nous étions forcément écartés de plus de quinze kilomètres, maudissant la guerre civile et les *guerillas*.

Il était environ midi quand nous sortîmes du village de Tremp. Sauf l'alcalde et les *guerilleros*, je ne vis pas l'ombre d'un habitant auquel nous pussions nous adresser pour demander notre chemin. Jacques Galey se reconnut pourtant dans ces parages, et, enflammé de colère, humilié du traitement que nous venions de subir :

— Notre plus court chemin, monsieur Balthazar, murmura-t-il, pour arriver à la vallée d'Aran, est de suivre ce vallon où nous avons rencontré cette bande de brigands. A son extrémité, nous gravirons la montagne, et à l'opposé, sur l'autre versant, nous trouverons la demeure de don Ramirès. Nous avons six bonnes heures de marche forcée à faire ; dans l'état où nous ont mis ces brigands, nous pouvons les effectuer avec légèreté.

Cette rencontre de la *guerilla* fit, comme on le pense bien, les frais de notre conversation. Si jamais les Espagnols furent maudits par le guide, ce fut bien dans cette circonstance, où cette bande venait de nous dépouiller de toutes les ressources dont on peut avoir besoin en voyage. Il n'est pas d'injures, de sarcasmes, de jurements qu'il ne leur adressât. Un moment le paroxysme de sa colère me parut inquiétant pour lui.

Tandis que depuis deux heures nous poursuivions notre route sans espoir de trouver un endroit pour nous reposer, en portant les regards derrière nous, nous aperçûmes un des soldats de la bande qui venait de nous dévaliser, s'avancer dans notre direction. Était-ce pour nous surveiller ou pour se défaire de nous? L'une et l'autre de ces suppositions n'était pas probable. On n'aurait pas dirigé à notre poursuite un homme contre deux, ce qui nous fit supposer à bon droit que ce *guerillero* pouvait être une estafette envoyée à quelque autre chef de bande qui se trouvait dans une des vallées environnantes.

— Quel qu'il soit, murmura le guide, celui-là payera pour les autres !

Et comme l'estafette, le fusil sur l'épaule, suivant l'étroit sentier au pas de course, allait passer devant nous, en jetant le salut traditionnel des Espagnols :

— *Adios, caballeros !* (bonjour, messieurs !)

Jacques Galcy, dont la force était herculéenne, le saisit d'une main de fer par la gorge, et de l'autre s'empara de son fusil en lui disant :

— A nous deux, maintenant!

Et tandis qu'il l'étouffait d'une main, de l'autre il se disposait à lui plonger la baïonnette du fusil dans le ventre, lorsque je lui arrêtai tout à coup la main.

— Qu'allez-vous faire, Galey? lui dis-je en lui retenant le bras.

— Tuer ce brigand, répliqua-t-il, les yeux étincelants de colère; croyez-vous qu'ils nous auraient épargnés, s'ils n'avaient pu nous voler?

— Je ne veux pas avoir la mort d'un homme sur ma conscience, lui répondis-je. Laissez ce pauvre diable continuer sa route!

Le *guerillero*, de son côté, s'efforçait à calmer l'irritation du guide par des protestations d'innocence, en demandant *gracias por Dio* et par diverses supplications plus ou moins humiliantes.

— Puisque vous voulez lui sauver la vie, monsieur Balthazar, il faut qu'il paye pour les autres. Voici ma manière de me venger.

Aussitôt, prenant le fusil par la baïonnette, il le brise sur les rochers qui le font voler en éclats. Puis, le saisissant par la ceinture qu'il portait autour des reins :

— Voyons, dit-il, ce que tu portes sur toi?

Et ouvrant la ceinture, il en retira *cinquante piastres* qu'elle contenait.

— Ceci nous appartient, monsieur Balthazar; et tu diras à tes scélérats de compagnons qu'ils sont encore nos débiteurs. Il me reste à présent qu'à l'attacher à cet arbre; tu attendras qu'on vienne te délivrer.

Et il se disposait à faire comme il le disait, quand j'intervins encore, cette fois, pour m'opposer à cet acte de cruauté qui aurait exposé ce malheureux aux angoises d'une horrible attente, sans espoir d'être secouru dans cet endroit désert.

— Vous avez tort de vouloir le mettre en liberté, me répliqua le guide transporté de colère ; vous verrez ce qu'il en arrivera.

Et sans autre explication, d'un coup de poing et d'un coup de pied, il lance à quatre pas de distance le *guerillero* qui, tombant sur les mains, se relève tout à coup comme un chat et prend sa course dans la direction de la troupe qui l'avait expédié en estafette.

— Voyez comme il court ! ajouta Jacques Galey d'un air consterné ; c'est à nous de courir plus vite que lui, car il va avertir ses compagnons de sa déconvenue, et vous allez les voir à notre poursuite. Il nous reste à gravir droit devant nous la montagne, afin de leur faire perdre nos traces. C'est le parti le plus sage qu'il nous reste à prendre.

Et franchissant le torrent, au lieu de suivre le vallon, nous pénétrons en face dans la montagne couverte de sapins. Nous avions presque atteint le sommet, quand nous voyons accourir derrière nous, dans la vallée, douze *guerilleros* qui, nous apercevant au-dessus de leurs têtes, poussaient des cris, brandissaient leurs baïonnettes et leurs sabres, dont le fer étincelant brillait aux rayons du soleil couchant, et manifestaient l'intention de nous atteindre. S'étant engagés, comme nous, dans la montagne, ces bandits nous suivirent à distance, jusqu'à l'entrée de la vallée d'Aran, non loin de la résidence de don Ramirès, où nous entrâmes essoufflés, ruisselants de sueur et brisés par la fatigue. Nous racontâmes à notre correspondant les motifs de notre visite tardive, ce qui nous était arrivé dans la journée et la chasse que nous donnait un parti de *guerillas*. Après avoir écouté notre récit avec intérêt :

— Vous l'avez échappé belle ! nous dit notre hôte ; vous étiez au pouvoir de la bande de *l'Escholero* (l'étudiant), la plus terrible de toutes celles qui désolent nos vallées. Mais vous êtes ici en sûreté ! Je vais prévenir le gouverneur de la ville qui va envoyer les *carabineros* à ses trousses. Reposez-vous ; demain, nous aviserons aux affaires de votre maison de commerce !

CHAPITRE V

LE FORT DE VIELLE. — LE PIC DU GAR

Le señor don Ramirès était un des chefs contrebandiers les plus audacieux de la contrée. Riche et très-influent dans la vallée d'Aran, il exerçait une espèce d'autorité sur tous les habitants, qui l'avaient en très-grande considération, à cause surtout de sa profession qui est loin d'être, en Espagne, regardée avec défaveur.

Aussi, la réception qu'il nous fit fut-elle empreinte d'une grandeur tout aristocratique qui n'était pas exempte, toutefois, d'une certaine cordialité. C'était un homme de quarante ans, gros, d'une physionomie mobile, et dont tous les mouvements dénotaient une grande pétulance de caractère. Sa résidence n'offrait rien de bourgeois, ni dans sa construction architecturale, ni dans l'ameublement de son intérieur. C'était un de ces vieux châteaux mauresques, construit au pied des montagnes, sur une colline qui dominait une partie de la vallée. Quatre cours carrées flanquées de tourelles, un corps de logis joignant ces tours et percé de fenêtres étroites ressemblant de loin à des meurtrières, et un mur d'enceinte avec créneaux, composaient l'ensemble de cette immense habitation sur laquelle le temps avait déposé une couche sombre et noirâtre. On eût dit un de ces vieux castels du moyen âge, oublié dans cet endroit isolé, et que visitaient avec effroi les troubadours et les paladins.

— Vous l'avez échappé belle ! me dit-il le lendemain du jour où nous avions évité la poursuite acharnée des *guerilleros ;* ils vous auraient passé par les armes sans grâce ni merci ; et je ne serais pas étonné qu'ils ne soient encore, à l'heure qu'il est, à rôder dans les bois, autour de ma demeure. Mais ils ne se hasarderont pas à venir vous y prendre ; ils savent quel accueil je leur ferais s'ils avaient cette audace.

Et là-dessus, notre hôte me fit parcourir l'intérieur de sa résidence, en me faisant passer en revue les gens qui étaient à son service, au nombre d'une trentaine d'individus dans la force de l'âge, une collection d'armes déposées dans une salle basse qu'il appelait son arsenal, dans lequel s'étalaient toutes sortes d'armes à feu, depuis le tromblon jusqu'au fusil de chasse dernier modèle ; des espingoles se mêlaient aux sabres, aux poignards, aux couteaux catalans, aux épées et aux vieilles colichemardes ; enfin, tous les instruments de guerre en usage dans les temps anciens et modernes.

— Vous voyez, monsieur Balthazar, que je suis en mesure d'opposer la force à la force, ajouta-t-il en me faisant l'énumération de tous ces engins de destruction, et de soutenir l'honneur de notre commerce.

A ce mot de commerce, qui m'appelait naturellement sur le chapitre de ma mission auprès de lui, je m'empressai d'en profiter pour lui faire part des instructions que le chef de notre maison m'avait données à son sujet.

— Je comprends, me dit-il à son tour, que vous n'êtes pas venu dans ces vallées pour me faire une visite de politesse. Votre arrivée m'était déjà annoncée par une lettre que j'ai reçue hier au soir, et je sais à quoi m'en tenir sur la nature et l'importance de vos instructions. Je vous montrerai bientôt que, pour ce qui me concerne, je suis en mesure de tenir mes engagements à l'égard de votre maison. En attendant que je vous en fasse la démonstration, allons nous mettre à table.

Il était dix heures du matin. Dans une immense salle du rez-de-chaussée au plafond surélevé, s'étendait une longue table de chêne, recouverte de nappes d'une blancheur éclatante, sur lesquelles étaient rangés quarante couverts. Devant chaque couvert se tenait debout un des hommes attachés au service de la contrebande, excepté devant les trois couverts qui se trouvaient à une de ses extrémités. Ces derniers, celui du milieu, qui occupait la place d'honneur, était destiné à notre hôte ; les deux autres, un de chaque côté, nous étaient réservés, au guide et à moi.

A peine don Ramirès était-il assis, que tous l'imitèrent avec un ensemble et une régularité toute disciplinaire. Immédiatement on apporta d'énormes plats de viande que l'on plaça à côté d'outres et de pots de grès remplis de vin. Les festins que les héros d'Homère faisaient dans les camps troyens ne sauraient être comparés, sous le rapport de la quantité des viandes et des boissons, aux repas du señor Ramirès. Aussi, le lecteur me permettra-t-il de renoncer à lui donner une description de celui auquel j'assistai. Il me suffira de reconnaître, ce que l'expérience de trois mois de fréquentation parmi eux m'a démontré, que les contrebandiers sont les plus grands mangeurs et les plus grands buveurs du monde. Leur existence se divise en deux parts : l'une, qu'ils passent à frauder la douane, au risque de leur vie ; et l'autre, à manger et à boire.

Nous étions à table depuis une heure, lorsque notre hôte, nous frappant amicalement sur l'épaule, nous nous levâmes et sortîmes ensemble de la salle à manger, laissant tous les autres convives en train de continuer leur repas. Dieu sait le temps qu'il dura encore ! Arrivés dans un salon particulier, un domestique apporta des habits à don Ramirès, qui les revêtit sans façon en notre présence, et s'armant ensuite d'un énorme gourdin, après avoir donné ses ordres particuliers :

— En route, nous dit-il ; et descendant aussitôt dans la vallée, nous nous engageâmes sur le chemin qui conduit, par la montagne, au fort de Vielle.

— Monsieur Balthazar, me dit-il, je vais vous faire visiter le fort de Vielle, qui n'est qu'à deux heures de distance, et au lieu de suivre directement la route de la vallée, nous allons prendre le chemin de traverse pour y arriver. J'ai de bonnes raisons pour allonger ainsi notre voyage.

Et sans autres explications, nous gravissons ensemble un des versants de la montagne de *Montcalm*, dans la direction de *Vielle*. On eût dit trois touristes en quête des beautés de la nature, car le señor Ramirès s'acquittait à merveille du soin de nous instruire sur la nature des forêts que nous traversions, sur les sites qui se rencontraient sur notre passage, sur les points stratégiques les plus favorables à la contrebande, enfin, sur tout ce qui pouvait nous intéresser géographiquement et flatter son amour-propre de chef contrebandier.

Arrivés sur un plateau d'où la vue dominait toutes les vallées espagnoles, don Ramirès s'arrête tout à coup, et, après un instant de silence, les regards fixés vers l'horizon et se servant du bout de son bâton comme indicateur d'une démonstration qu'il s'apprêtait à vouloir nous faire :

— Voyez-vous, me dit-il, à votre droite, cette montagne dont le sommet couvert de neige se perd dans l'espace, c'est la *Maladetta;* voyez-vous maintenant, à votre gauche, cette autre montagne dont la cime ressemble à un pain de sucre : c'est le *Canigou*. Eh bien ! entre ces deux montagnes, toutes les vallées que vous avez là, sous vos yeux, sont tributaires de votre maison de commerce, et lui fournissent toutes les laines qui alimentent son immense trafic. Sachez donc que les matières expédiées par moi et les autres agents arrivent à votre siége social par cinq courants ou débouchés, que vos instructions doivent vous faire connaître. Nous sommes ici dans le second courant, dont j'ai le monopole et que j'alimente seul de nos produits ; c'est mon département. Il correspond, comme vous voyez, du côté du versant français, à la vallée de Luchon et à notre vallée, surveillées toutes les deux par la douane de Cierp. Les produits échappés à sa vigilance parviennent directement à Saint-Gaudens, et de là sont transportés à votre maison. C'est précisément pour effectuer un envoi considérable que je tiens à lui livrer un de ces jours, que je viens faire ma visite au gouverneur de Vielle. Comme le secret est l'âme des affaires, vous me permettrez de ne pas vous révéler le mystère de cette visite.

Cela dit avec cette emphase vaniteuse naturelle aux Espagnols, nous descendîmes un étroit sentier qui, en moins d'une heure, nous conduisit au pied des remparts du fort de Vielle.

La ville de *Vielle*, qu'on est convenu d'appeler la capitale de la vallée d'Aran, se compose de deux parties : la ville basse, qui s'étend sur les bords de la rivière, composée de vieilles maisons, la plupart délabrées ; et la ville haute, située sur un monticule adossé lui-même à la montagne, ou plutôt aux montagnes. Cette dernière partie constitue ce qu'on appelle la citadelle : des remparts, en effet, garnis de bastions, lui forment une enceinte qui n'offre rien de formidable.

Arrivé à la *Posada del Sol* (auberge du Soleil) qui se trouve en entrant dans la ville basse, don Ramirès nous quitta un instant pour monter au fort, où résidait le gouverneur, commandant de la place. La garnison se composait, à cette époque, de quatre cents hommes, dont quelques-uns étaient en train de boire dans l'auberge. Ils nous apprirent que le gouverneur avait des craintes très-sérieuses au sujet de la garde du fort ; qu'il s'attendait tous les jours à une attaque de la part d'une bande nombreuse de partisans, commandée par un lieutenant de Cabrera; que, dans cette prévision, ils étaient obligés, nuit et jour, de faire des reconnaissances continuelles dans les montagnes environnantes, ce qui ne paraissait pas bien leur complaire; enfin que, fatigués du service militaire, ils l'étaient plus encore de la guerre civile qui les mettait souvent dans la cruelle nécessité de combattre des frères et des parents qui se trouvaient dans les camps opposés.

Un lieutenant qui se trouvait dans l'hôtellerie me fit alors des récits touchant cette guerre fratricide. Je l'écoutais avec intérêt, quand don Ramirès entra dans la *posada*, la figure rayonnante de joie, et m'entraînant vers l'embrasure d'une fenêtre :

— *Esta bonito* (tout va bien !), me dit-il en se frottant les mains; avant trois jours, 25,000 kilos de laine auront franchi la ligne de la douane et feront route vers le dépôt de votre maison. Allons préparer cette expédition. *Esta bonito !*

Et après avoir fait servir une bouteille de vin vieux d'Espagne qui ranime les forces du corps, nous retournâmes, par le chemin direct de la vallée, à sa résidence, où nous arrivâmes vers les six heures du soir.

— Josepe ! s'écria-t-il en entrant, s'adressant à un grand gaillard qui faisait l'office d'intendant de sa maison, rassemble nos gens pour la *noche* (la nuit), et qu'ils se tiennent prêts pour le départ. Quant à vous, monsieur Balthazar, suivez-moi.

Et, me prenant amicalement le bras, il m'entraîna vers un endroit retiré de son habitation, à l'extrémité duquel s'ouvrait une immense porte en chêne qu'il fit rouler sur ses gonds.

Un escalier, dont les marches étaient en pierre de taille, apparut béant sous mes yeux. Nous le descendîmes, et tout à coup s'offrit un immense sous-sol voûté qui occupait toute l'étendue de la résidence. Il me sembla plongé dans l'obscurité la plus profonde; mais, après quelques minutes de séjour, je m'aperçus bientôt que la lumière du jour y pénétrait, de chaque côté, par de petites ouvertures semblables à des œils-de-bœuf, pratiquées dans les murailles. Les objets se dessinèrent alors à ma vue. De toutes parts je vis, amoncelés, des ballots de laine rangés et disposés avec symétrie. Pendant trois quarts d'heure que se prolongea cette inspection souterraine, je pus constater, dans cette immense cave, des quantités innombrables de ce produit industriel dont les moutons sont les fournisseurs.

— Ici, me disait don Ramirès avec fierté, en me montrant des piles de ballots, ce sont les laines fines et estimées de Gerri et de Balaguer ; là, me désignant d'autres tas, reposent les laines grossières de Tremp et de Talaru ; dans ce compartiment j'ai déposé les belles toisons aux fils longs et soyeux des troupeaux de Torla et de Campo ; plus loin, sont les riches toisons de Lérida et de la vallée de la Noguera.

Il passa ainsi en revue toutes les laines des vallées espagnoles qu'il centralisait dans ce vaste magasin, et cela avec une science de la matière à en remontrer au plus grand savant de nos académies d'agriculture. Cette inspection terminée, laquelle n'avait pour but que de prouver que le commerce de la laine au moyen de la contrebande avait encore de beaux jours devant lui, nous remontâmes au rez-de-chaussée, où nous attendait un repas servi dans la même salle et dans les mêmes conditions que celui du matin. J'y fis honneur avec le plus d'activité possible, afin d'aller goûter le repos de la nuit, dont j'avais un extrême besoin, ce à quoi se prêta notre hôte de la manière la plus gracieuse.

Le lendemain, à la première heure du jour, le guide et moi nous nous disposâmes à quitter la vallée d'Aran, où j'avais rempli, à ma grande satisfaction, une partie, la plus importante, de ma mission commerciale. Après une demi-heure d'entretien particulier avec mon hôte, nous lui fîmes nos adieux, afin de poursuivre le cours de notre tournée dans les autres vallées espagnoles.

Au moment de le quitter, don Ramirès rémit à chacun de nous une carte au sommet de laquelle se trouvait gravée une tête de sanglier, et portant au milieu ces mots imprimés : *Cuarta del signo ;* et plus bas, les deux initiales : L. R.

— Avec ce laissez-passer, nous dit-il, vous n'avez plus rien à craindre des bandes carlistes ou christinos. Si quelques-unes vous arrêtaient, demandez le chef ou commandant et présentez-lui cette carte, et il ne vous sera fait aucun mal. Et maintenant, que Dieu vous garde !

Nous quittâmes notre hôte en le remerciant de ses prévenances, et surtout du don de sa carte cabalistique. On verra plus tard qu'elle nous fut d'une grande utilité et quelle était sa signification mystérieuse, ou plutôt maçonnique dans son genre. Nous suivîmes, à travers les montagnes, le sentier qui nous conduisit, dans la direction de la vallée supérieure de Montgarri, vers le *Pic du Gar*, qui surgissait au-dessus de nos têtes. En gravissant le rude sentier qui, commençant à l'extrémité de la vallée d'Aran, aboutit à ce rocher historique, je ne pus m'empêcher de réfléchir à l'étrange idée qu'avaient eue les gouvernements français et espagnol de maintenir cette vallée dans les limites de l'Espagne, dont elle est séparée par de hautes montagnes qui, pendant six mois de l'année, sont des barrières infranchissables pour ses habitants, tandis qu'elle s'étend en ligne directe dans les enclaves de la France jusqu'à la petite ville de Saint-Beat, centre d'approvisionnement de tous les Aranais. Comme je n'avais pas à me mêler des questions internationales de délimitations de frontières, je poursuivis mon ascension en suivant les traces de mon guide qui, au bout de deux heures et demie de marche, me fit sortir de ma rêverie politique en faisant entendre ce cri du cœur :

— Nous voici au *Pic du Gar !* Cette fois, par exemple, monsieur Balthazar, vous allez le voir, le toucher et l'admirer a votre aise.

Le lecteur doit se rappeler que déjà nous nous étions proposé de lui faire notre visite, et qu'au moment de gravir le monticule sur lequel il s'élève comme un immense obélisque, nous en fûmes détournés par le bruit de la mousqueterie des *guerilleros*, entre les mains desquels nous tombâmes en voulant les éviter.

Je touchai donc de ma main le *Pic du Gar*, qui, formé d'un seul rocher, a trente mètres d'élévation, et où prennent leur source deux rivières célèbres, la *Noguerra* et la *Garonne*.

La première de ces deux rivières sort, du côté du midi, d'une large érosion produite dans le roc pyramidal, descend la pente de la colline et se dirige vers les plaines de la Catalogne jusqu'à Lérida.— A l'opposé du rocher, du côté du nord, s'ouvre, en forme de grotte, un trou immense d'où s'échappe une grande quantité d'eau qui s'écoule, ou plutôt se précipite dans la vallée d'Aran par une pente abrupte : c'est la source de la *Garonne*, appelée poétiquement dans le pays *el Ojo de la Garona*, c'est-à-dire l'*Œil de la Garonne*. Je ne sais quel sentiment j'éprouvai en touchant, à son origine, l'eau d'un fleuve qui arrose, dans une étendue de plus de quatre-vingts lieues, les plus belles contrées de la France, et dont j'avais parcouru toutes les rives ; mais c'était assurément un sentiment d'orgueil national qui grandissait, étant ressenti à l'étranger.

Aussi, je ne pus m'empêcher de faire quelques commentaires sur le sort de ces deux rivières qui, ayant évidemment une source commune, subissent dans leur cours une destinée si différente. L'une, la *Noguerra*, reste espagnole ; l'autre, la *Garonne*, d'espagnole devient française ; et toutes les deux vont se perdre dans le même réservoir, l'immense Océan. Comme les réflexions politiques n'allaient pas à l'esprit positif quelques-uns, comme moi, se sont retirés dans leurs foyers, en attendant des jours meilleurs.

— C'est peut-être ce qu'ils avaient à faire de mieux, ajouta le guide en forme d'approbation. Le métier de *carabinero* n'était pas déjà si agréable par lui-même pour qu'ils aient ue à le regretter.

— Surtout depuis trois ans, ajouta le douanier, où nous n'avons pas reçu un seul réal de notre solde. Et pourtant, il faut vivre !

— Oh ! pour cela vous n'êtes pas en peine, dit en souriant Jacques Galey, en fin connaisseur du métier, la contrebande y pourvoyait largement.

— *Caraco !* fallait-il donc mourir de faim parce que le gouvernement ne payait pas notre solde ? répliqua le *carabinero* avec exaltation, et comme offensé de ce reproche.

Amenée sur ce terrain, la conversation menaçait de devenir longue ; et comme, en définitive, je tenais à rentrer avant la nuit à notre quartier général, dont nous étions éloignés d'environ quatre lieues, j'y mis un terme en demandant le prix de notre déjeuner. Un *douro* (cinq francs), que je déposai sur la table, ayant satisfait notre hôtelier, nous lui fîmes nos adieux en prenant la route de Montgarri.

La distance qui sépare la *posada* que nous venions de quitter de la bourgade où nous avions élu notre domicile, est, comme je l'ai dit, d'environ quatre lieues, que nous effectuâmes au pas accéléré. A mesure que nous en approchions, des vallées et des montagnes voisines nous voyions déboucher et descendre des troupes d'individus endimanchés, qui marchaient dans notre direction. Mon étonnement, à leur vue, fut d'autant plus grand, que ces vallées, que j'avais déjà parcourues maintes fois, étaient plongées ordinairement dans la solitude la plus profonde. Jacques Galey, rappelant tout à coup ses souvenirs, fit cesser mon étonnement en s'écriant :

de maître Galey, et qu'il me voyait enclin à vouloir moraliser à ce sujet :

— Monsieur Balthazar, me dit-il en m'interrompant sans façon, il va être midi et nous n'avons pas encore déjeuné. Or, si vous voulez satisfaire à ce premier besoin de la nature humaine, mettons-nous en route immédiatement. Nous avons une distance de trois quarts d'heure pour arriver au gîte le plus voisin; la faim nous donnera des jambes.

Et, prenant les devants, je le suivis en disant un dernier adieu au *Pic du Gar*.

CHAPITRE VI

LES CARABINIERS. — LA FÊTE DE LA MADONE

Nous arrivâmes au gîte dont m'avait parlé le guide en moins d'une demi-heure, tant le besoin de prendre de la nourriture nous avait aiguillonnés dans notre marche. C'était un ancien poste de douaniers espagnols, appelés *carabineros*. Il était abandonné depuis le commencement de la guerre civile. Situé au pied d'un contre-fort de la montagne de Gerri, ce logis, construit moitié à la chaux et moitié en planches, n'avait qu'une salle du rez-de-chaussée, très-spacieuse; un grenier établi sans doute sous les combles, composait le reste de l'habitation, transformée en mauvaise *posada*.

Nous entrons dans l'unique salle du rez-de-chaussée en prononçant, dans l'idiome espagnol, le salut traditionnel :

— *Buenos dias*, *todos* ; que nous traduisons en français par ces mots : *Bonjour la compagnie*.

A cette heure, la *compagnie* se bornait à la maîtresse du logis, en train de faire griller des côtelettes de mouton sur un brasier digne du temps des héros d'Homère ; à trois enfants qui se roulaient, tout nus, sur le parquet argileux de la salle ; à un individu dont la mise délabrée était celle d'un *carabinero*, assis devant une longue table, dans la position d'un homme endormi ; enfin, à deux énormes chiens des Pyrénées, allongés à leur aise au milieu de la *posada*.

Notre entrée parut la chose la plus naturelle du monde. A peine si la ménagère, petite et alerte, fort occupée au foyer, daigna nous regarder. Quant au *carabinero*, qui était sans doute son mari, sortant de son sommeil, il nous tendit avec bonhomie sa main droite, en nous faisant signe de nous asseoir à ses côtés. C'est ce que nous fîmes sans façon et en voyageurs fatigués.

Et comme il s'agissait pour nous de restaurer nos estomacs affaiblis, ce qu'il parut comprendre, il fit signe à la *dona* de nous servir les côtelettes grillées, préparées sans doute pour lui, qu'elle accompagna d'un excellent pain et d'une bouteille de vin d'Espagne. Un fromage des vallées vint compléter notre repas, que nous trouvâmes fort à notre goût, et auquel prit part le *carabinero*. Une seconde bouteille de vin, accompagnée de trois ou quatre autres, contribuèrent beaucoup à délier nos langues ; si bien que la conversation s'engagea entre nous comme entre d'anciennes connaissances.

— *Señor carabinero*, vous voilà donc à la retraite? dit familièrement le guide en lui frappant sur l'épaule, comme il eût fait à un vieux camarade.

— Oui, *caballero* (monsieur), lui répond le douanier... à la retraite forcée. Puisque la reine et le prétendant se disputent entre eux, les armes à la main, à qui appartiendra l'Espagne, à quoi bon la douane? Une maison en feu n'a pas besoin d'avoir ses portes fermées.

— Et que sont devenus tous vos camarades?

— Ils ont fait comme les troupeaux qui se débandent, en allant d'un côté ou d'autre. Les uns ont pris du service dans l'armée de la reine, les autres se sont enrôlés sous le drapeau de don Carlos ; le plus grand nombre s'est fait contrebandier

— Parbleu! c'est aujourd'hui le 14 août, veille de la fête de la Madone : cela vous explique ce concours de pèlerins qui arrivent à Montgarri. Oh! vous allez en voir des belles, monsieur Balthazar, ajouta-t-il; jamais vous n'avez assisté à pareille féerie.

Il était six heures du soir lorsque nous arrivâmes à notre logement, où nous trouvâmes les chapelains très-inquiets au sujet de notre absence prolongée au delà du terme d'une promenade artistique dans les vallées. Ils nous croyaient victimes de quelqu'une des nombreuses bandes de partisans qui rôdaient dans ces montagnes; et de fait, leurs craintes s'étaient à demi réalisées. Ils furent donc très-enchantés de nous revoir.

Cette absence me valut en outre, de la part du père Manuel, des questions fort embarrassantes sur le genre d'études que j'étais venu faire dans ces vallées, sur les croquis que j'avais en portefeuille, etc. Je lui fis de mon mieux des réponses plus ou moins satisfaisantes, qui parurent le convaincre sur mon mérite artistique, et auxquelles j'ajoutai la promesse de lui donner quelques dessins avant mon départ. C'était le meilleur argument que je pouvais produire dans son esprit en faveur de ma qualité d'artiste, qu'il appréciait fort.

Je dois ajouter que, fort affairé de son côté par les visiteurs ecclésiastiques et laïques qu'attiraient la fête du 15 août, il me dit :

— Pendant ces deux jours, seigneur Zurbano (il tenait à me donner ce nom), la *capellana* va être envahie : ne comptez donc pas sur notre intervention pour vos affaires particulières. Agissez, faites et vivez comme vous pourrez. Après-demain seulement nous serons tout à votre disposition.

Il nous fut facile de nous assurer des dires du chapelain, en sortant de notre logement, situé à l'extrémité de la bourgade.

Jamais foule plus nombreuse ne s'était offerte à ma vue; jamais de ma vie je n'avais assisté à un pareil spectacle!

La fête de la Madone de Montgarri a une réputation qui s'étend à cinquante lieues à la ronde, soit en Espagne, soit en France. La foule des dévots qui viennent la célébrer est innombrable. A l'heure où nous arrivions à notre logement, des centaines de prêtres, habillés de leur longue robe noire et coiffés de leur immense chapeau à la Basile, envahissaient la *capellana*, les bâtiments et les granges de l'archiprêtre, l'église et tous les lieux où ils pouvaient trouver un domicile. Des gens, hommes, femmes et enfants, apparaissaient de tous côtés, sur les flancs des montagnes, sur les pelouses de la vallée, venant faire leurs dévotions à la Vierge. C'étaient des Basques, des Navarrais, des Catalans qui, ornés de leurs divers costumes pittoresques, accouraient autour de la chapelle de la Madone; c'étaient des habitants de la Cerdagne espagnole, du Roussillon, des départements de l'Ariége, de la Haute-Garonne et des Hautes-Pyrénées qui, du côté de la France, accouraient se mêler aux pèlerins des diverses contrées de l'Espagne. Toute cette foule se ruait autour de la chapelle, ou campait dans la vallée sous des tentes improvisées, ou faisait un stationnement dans les bois de la montagne.

Pendant toute la nuit cette foule grouillait de toutes parts, sur tous les points de la vallée. Mais le spectacle le plus curieux qui m'était donné de voir, ce fut celui offert par les prêtres, en train d'écouter les confessions des dévots. Les vingt confessionnaux de l'église ne suffisant pas au grand nombre des pénitents, les prêtres s'installaient sur des chaises dans tous les endroits quelque peu retirés : les bords de la rivière, le derrière des granges, un arbre perdu au pied de la montagne, un rocher détaché sur la route, tous ces endroits étaient utilisés pour entendre des confessions. Une chaise et un prêtre semblaient s'y être incrustés. Comme je m'étonnais de ce grand nombre de pénitents et de la constance que tous ces prêtres mettaient à vouloir les absoudre, Jacques Galey, qui était un malin, m'en expliqua les causes comme suit :

—Tous ces Espagnols, hommes et femmes, ont une extrême confiance dans la Madone de Montgarri, à laquelle ils attribuent le pouvoir de faire pardonner toutes les fautes. Or, parmi tous ces dévots, il en est beaucoup qui ont de grands crimes à se faire pardonner. Ce sont des contrebandiers, qui ont la mort de plus d'un douanier sur leur conscience ; ce sont des trabucaïres, qui ont exercé le brigandage sur toutes les échelles ; ce sont des voleurs de grands chemins, des meurtriers, des assassins, etc., qui croient être quittes envers la justice divine en venant faire le pèlerinage à Notre-Dame de Montgarri. Quant aux prêtres, que vous voyez plongés dans les mystères de la confession, le tarif leur accorde au moins 50 centimes par pénitent, que celui-ci s'empresse d'acquitter séance tenante ; de sorte qu'une nuit passée à entendre des confessions produit à chaque prêtre environ quatre ou cinq cents francs. L'absolution s'y donne vite et sans retard, et le métier est lucratif.

Je m'aperçus, en effet, qu'en parcourant les lieux de la fête où avaient été improvisés des confessionnaux en plein vent, chaque confesseur expédiait ses pénitents avec une promptitude remarquable. Or, depuis six heures du soir jusqu'à neuf heures du matin que dure la besogne, bien des absolutions pouvaient être données.

Quoi qu'il en soit, tout cela n'était que le préparatif de la fête ; celle-ci ne commençait en réalité que le lendemain. Ce jour-là, la fête se divisait en deux parts : la première, depuis le matin jusqu'à midi, était consacrée aux cérémonies religieuses, messe, chants, communion, processions, et tout ce qui compose le rituel des solennités ; le second, à partir d'une heure jusqu'à minuit, était réservé aux plaisirs mondains.

A dater de ce moment, toute la vallée se transforma en une immense salle à danser composée d'une infinité d'orchestres plus ou moins bizarres. Des cuisines en plein vent fonctionnent à côté de tables provisoirement formées de planches, sur lesquelles s'étalent des monceaux de viandes rôties à côté d'ou tres remplies de vin. Partout on mange, on boit, on danse, on chante, au point que l'écho de la vallée se transforme, pendant douze heures, en un charivari infernal. La nuit venue, on aperçoit des groupes de jeunes gens et de jeunes filles, formés par couples, qui s'aventurent dans les bois, où les parents perdent leurs traces. C'est un va-et-vient, un tohu-bohu tels, que nos grandes fêtes publiques ne sont rien, comparées à ce pèlerinage religieux. Ce n'est que le lendemain de la fête de la Madone que tout rentre dans le silence. Pendant la nuit, cette foule bigarrée a disparu, emportant dans ses foyers respectifs les souvenirs de cette solennité, qu'ils transmettent à leurs descendants, lesquels renouvellent à son endroit la tradition de leurs pères.

Quant à nous deux, au guide et à moi, nous fûmes bien aises que le calme fût revenu dans ces paysages. Aussi nous empressâmes-nous d'aller revoir nos chapelains, dont la besogne avait dû être plus grande encore que la recette. D'ailleurs, satisfait des premiers résultats de ma mission, jugeant à propos de me reposer quelques jours dans le *far niente* de notre quartier général, je crus devoir m'en ouvrir à ces bons prêtres. Je dois reconnaître, à leur louange, qu'ils s'engagèrent à faire tous les frais possibles pour nous rendre les journées agréables, en ne sortant pas toutefois du cercle de la vie ordinaire qu'ils menaient eux-mêmes.

Le lecteur va voir que les chapelains restèrent fidèles à leurs engagements.

CHAPITRE VII

UNE PARTIE DE CHASSE

L'existence que nous passions dans le presbytère des chapelains de Montgarri ne laissait rien à désirer, sous le rapport des satisfactions matérielles de la vie.

Ainsi, à huit heures du matin, on déjeunait au chocolat, selon l'usage traditionnel en Espagne, et la vérité me force à ajouter que le P. Manuel le préparait avec l'intelligence d'un fin gourmet. Après le déjeuner on allait à la pêche de la truite ou à la chasse, dans ces montagnes si pourvues de gibier qu'on n'avait qu'à faire une tournée dans les bois circonvoisins pour en abattre plusieurs pièces, composées de lièvres, lapins, perdreaux, gélinotes, coqs de bruyère et autres animaux emplumés. Le padre Nadal n'était pas le moins adroit dans l'exercice du fusil de chasse, qu'il maniait comme un Nemrod consommé, malgré les canons de l'Église qui interdisent aux prêtres de se livrer à cette occupation mondaine, ce dont se préoccupait fort peu notre chasseur en soutane. A midi on servait le dîner, qui se prolongeait jusqu'à deux heures, au milieu d'une profusion de viandes et de vins que l'on enveloppait dans la fumée d'innombrables cigarettes, et dont je faisais les frais. La sieste jusqu'à quatre heures suivait ce repas, laquelle se continuait, à son tour, par le jeu des cartes, auquel nos chapelains apportaient une ardeur et une passion effrénées. A huit heures le souper, qui durait jusqu'à dix heures, au moyen de quelques intermèdes plus ou moins inattendus, terminait une journée grassement et saintement passée, comme on voit. C'est ainsi que chaque jour s'écoulait sans trop d'uniformité.

Voulant toutefois varier nos plaisirs, le P. Nadal nous proposa un soir la partie d'une chasse à l'isard. Quoique faite au milieu des fumées d'un vin capiteux pris au delà d'une mesure sagement gastronomique, cette proposition fut acceptée avec joie par Jacques Galey et moi, le P. Manuel se récusant pour cause de services culinaires. Nous nous disposâmes donc à mettre le projet à exécution sur l'heure.

On sait que l'isard, qui est le chamois des Pyrénées, habite les sommets les plus escarpés des montagnes, où il faut aller l'attaquer à travers des précipices et où il passe la nuit et une partie du jour, par troupes réunies. Son agilité et sa méfiance sont extrêmes; son ouïe est d'une telle finesse que le moindre bruit apporté par le vent le fait décamper de son poste. Alors ce n'est plus un animal qui s'enfuit, mais bien une ombre qui traverse l'espace. Il n'est pas rare de voir, aux premières lueurs du crépuscule, des bandes d'isards vifs et alertes paître au pied des montagnes, en compagnie de troupeaux de moutons. Mais à la simple apparition du pâtre perché sur la colline, ils disparaissent à travers les rochers, s'aidant des pieds et de leurs petites cornes pour atteindre les cimes perdues de leurs retraites, avec la rapidité d'un éclair.

On comprend qu'avec autant de qualités propres à sa conservation, l'isard ne soit pas facile à être chassé avec succès. Ajoutez, en outre, que pour arriver jusqu'à lui la route à suivre offre d'innombrables et de périlleuses difficultés. Nous savions tous cela, et le P. Nadal le savait mieux que nous encore;

mais ce qui nous encourageait dans cette expédition cynégétique, c'était la localité elle-même, très-renommée par la quantité de ces petites chèvres sauvages. Ainsi la montagne d'*Ager*, que nous avions en face de nous et dont la base s'étend également du côté de la France et de l'Espagne, passe pour recéler de nombreuses troupes de ces jolies antilopes. Le champ de nos exploits était donc ouvert devant nous; il suffisait d'aller nous y distinguer : c'est ce que nous fîmes.

Il était neuf heures du soir lorsque le P. Nadal, que le mot de chasse à l'isard avait transporté de joie, désertant aussitôt la table où nous prenions notre repas du soir, entraîne le guide et moi au premier étage du presbytère, que je n'avais pas encore visité, en faisant entendre ces mots :

— Allons vite hâter nos apprêts de chasse; il est temps de nous mettre en route.

En quatre bonds nous nous trouvons dans une vaste salle du premier étage, en face d'une collection variée d'appareils de chasse qui eût fait honneur à nos plus fervents disciples de saint Hubert. A un râtelier en bois de chêne habilement disposé, s'étalaient cinq à six fusils de chasse d'une excellente facture; de chaque côté du râtelier étaient suspendus avec ordre et symétrie des carniers, des gibecières, des poires à poudre, des tire-bourre et des gourdes de dimensions et de formes variées; à la suite et toujours accrochés au mur, apparaissaient plusieurs équipements de chasseur, grossiers, il est vrai, mais dont la confection se trouvait être en rapport avec le genre de chasse en usage dans ces vallées et dans ces montagnes. C'étaient des vestes que l'on serrait à la taille avec une ceinture en cuir, des guêtres longues en étoffe tissée et battue de manière à la rendre imperméable, des bérets basques de couleur sombre et des chapeaux castillans en feutre souple et léger : une rangée de chaussures de formes diverses, depuis l'espadrille jusqu'au gros soulier ferré; enfin, sur une étagère qui faisait face au râtelier, se montraient trois poignards et cinq couteaux catalans dont le principal mérite résidait dans les lames bien trempées, leurs manches en bois de cerf n'offrant d'autre qualité que leur extrême solidité.

— Voici de quoi vous équiper ! nous dit le P. Nadal avec la joie d'un homme fier de nous montrer son arsenal et sa garde-robe de chasseur.

Et sans perdre un instant, se dépouillant de sa soutane, il revêt avec la plus grande prestesse son costume de prédilection, composé d'une veste en toile grise serrée autour des reins, d'une paire de guêtres de la même étoffe, qui lui remontaient jusqu'au-dessus des genoux, d'une grosse paire de souliers ferrés et d'un béret basque de couleur brune qu'il posa crânement sur le côté de la tête. Nous l'imitâmes, à notre tour, et en moins de dix minutes nous fûmes équipés de notre mieux.

Le P. Nadal alla droit ensuite au râtelier, où, choisissant lui-même les armes, il donna au guide une belle carabine, mit entre mes mains un fusil à longue portée, et prit pour lui un fusil à double canon qui paraissait être son arme de prédilection. Après les avoir visités avec un soin minutieux, nous les chargeâmes à balle, et, serrant chacun les munitions que nous distribua le chapelain, pourvus de nos carniers et de nos gourdes, nous descendîmes à la cuisine, où le P. Manuel compléta par des provisions ce qui manquait à notre équipement. Nos carniers fournis de vivres et nos gourdes remplies de vin et d'eau-de-vie, nous souhaitâmes *buenas noches* au P. Manuel et, sortant du presbytère du côté de la montagne, nous nous mîmes incontinent en route.

Il était environ dix heures quand nous commençâmes à gravir la montagne; la nuit était superbe, une de ces nuits d'août, si belles dans les vallées espagnoles. Les étoiles scintillaient dans un ciel pur et serein; un calme profond régnait dans la nature, dont la brise elle-même semblait vouloir respecter le sommeil. Les suaves émanations des plantes venaient seules nous apporter, avec leurs senteurs, d'ineffables harmonies, qu'elles mêlaient au silence solennel qui régnait dans l'atmosphère.

Nous marchions sur les pas du P. Nadal, qui, avec la connaissance qu'il avait des localités, allait droit devant lui, en suivant les divers sentiers qui s'entre-croisent dans les forêts ou sur les pelouses, avec une sûreté d'œil qui faisait l'admiration de mon guide. Notre ascension à travers cette première partie de la montagne s'effectuait sans trop de difficulté, lorsque, arrivés à la limite où l'on quitte les bois pour entrer dans la région des arbustes rabougris, c'est-à-dire vers le milieu de la montagne, le P. Nadal nous donna ses premières instructions en ces termes :

— Ici commence la chasse, *señores ;* je vous recommande de faire le moins de bruit possible avec la parole et en marchant; un moment viendra où nous ne communiquerons que par signes. Voyez-vous cette cime dénudée qui s'élève au-dessus de nos têtes? c'est là que remisent les isards. Pour arriver jusqu'à eux et les tirer avec succès, il faut être à notre poste avant les premières clartés du jour. Plus tard ils quittent leur gîte, se dispersent dans les vallons, où ils vont paître et broûter jusqu'à neuf heures du matin. Après cette heure, ils se mettent au repos dans des quartiers isolés de la montagne, pour continuer, à quatre heures du soir, leur repas interrompu le matin. A l'arrivée de la nuit, ils escaladent les rochers, franchissent des précipices et viennent se réunir en troupe sur ce sommet. C'est donc le seul moment de la journée où l'on puisse les approcher. Allons de l'avant, ajouta-t-il, et surtout de la prudence!

Le P. Nadal était un habile chasseur et un fin tireur; je l'avais vu à l'œuvre : aussi ses recommandations furent-elles scrupuleusement observées par nous. A mesure que nous approchions de la cime de la montagne, nous devenions de plus en plus silencieux, nous marchions en amortissant, autant que possible, le bruit de nos pas ; il n'était pas jusqu'aux mouvements trop précipités de notre respiration que chacun ne s'efforçât de comprimer. Ce moment de la chasse était pour moi, je vous assure, un moment bien intéressant. Il me le parut plus encore, lorsqu'après être arrivés à un contre-fort de la cime que nous allions atteindre, le chapelain nous fit signe de s'arrêter et de garder le silence le plus absolu. Il s'arrêta lui-même et, plongeant le doigt indicateur dans sa bouche, il l'exposa subitement à l'air, comme on eût fait d'un baromètre, pour s'assurer de quel côté soufflait la brise du matin. D'après son indication, perceptible par ce seul moyen naturel, tant elle était peu sensible dans l'atmosphère, assuré de sa direction, le P. Nadal nous fit contourner le mamelon à gauche, au lieu de la droite que nous prenions, et, arrivés à un endroit où le sommet formait la fourche, c'est-à-dire deux sommets ou plateaux séparés par une large brèche qui s'ouvrait en précipice dans les entrailles de la montagne, nous nous assîmes sur le rocher, nos armes au repos sur les genoux. Il était évident que le chapelain attendait les premières lueurs du crépuscule pour donner suite à la chasse, ce qu'il nout fit comprendre en nous désignant de sa main le point de l'horizon où se levait le soleil.

Nous étions immobiles, silencieux, dans cette position, depuis trois quarts d'heure environ, quand une légère clarté presque imperceptible parut à l'orient. Aussitôt, déposant son arme entre les mains du guide, le P. Nadal se lève doucement et sans bruit, se glisse en rampant jusqu'au sommet du plateau et, sans le dépasser de sa tête, il jette un regard scrupuleux sur l'étendue de sa surface. Une minute à peine s'écoula dans cette rapide inspection, lorsqu'il revint en glissant jusqu'à nous. Son *jugé* était sans doute pris, puisque, ressaisissant son arme et nous faisant signe de le suivre en tenant les nôtres apprêtées, il nous fit avancer encore de dix pas en avant entre les deux plateaux. Puis il place le guide en face du plateau de droite, celui-là même que nous touchions, et m'indique de surveiller celui de gauche, dont nous étions séparés par l'immense brèche qui s'ouvrait, béante, sous nos pieds. En même temps il nous fait signe de tenir nos armes prêtes à faire feu.

Ces dispositions prises, le chapelain fait trois pas en avant et s'approche en vedette de la ligne supérieure du plateau. Son œil, vif et rapide, allait de l'horizon où grandissait le crépuscule au plateau, qu'il enveloppait de son regard d'aigle. Au moment où il jugea sans doute que le jour arrivait au point voulu pour la chasse, il avance son fusil au-dessus du plateau, qu'il ne dépasse pas de sa tête, et tout à coup il fait feu. Deux autres coups de feu partirent instantanément; une seconde après je lâchai le mien. J'avais tiré sur des ombres, car je ne saurais donner d'autre nom à ces animaux qui, étourdis par le premier coup de feu du P. Nadal, à l'affût vers le plateau de droite, se dirigèrent dans ma direction avec une rapidité tellement vertigineuse, qu'il me fut impossible de les viser au passage.

— La sentinelle est restée sur place; celle-là ne bougera pas! s'écria alors le P. Nadal; mais il est un autre isard qui doit être bien malade ; celui-là n'est pas allé loin d'ici !

— Ni le mien non plus, ajouta Jacques Galey; car je l'ai frappé entre les deux côtes, au moment où il franchissait la ligne du plateau en se dirigeant vers moi.

Et les deux chasseurs, plongeant aussitôt leurs regards dans l'immense crevasse qui séparait en deux le sommet de la montagne, virent les deux isards : l'un, frappé à mort, suspendu à une anfractuosité du rocher, où il était tombé en précipitant sa fuite ; l'autre gisait à vingt pas derrière le plateau, les deux jambes de devant brisées par la même balle. Nous nous empressâmes donc de retirer le premier du précipice, d'aller prendre le second, auquel le chapelain, armé de son couteau catalan, donna le coup de grâce, pour ne *pas le voir souffrir*, dit-il, et il alla quérir la sentinelle, qui, frappée à la tête, était restée à sa place, sur le plateau.

Comment les choses s'étaient-elles passées ? C'est ici que je dois donner au lecteur quelques explications sur cette curieuse chasse qui venait de nous fournir trois superbes pièces de gibier.

On sait, et nous l'avons dit, que les isards remisent en troupeaux sur les cimes des montagnes ; mais ce que l'on ne sait pas peut-être, c'est qu'une fois remisés et pendant que la troupe repose, il en est un qui fait sentinelle à une certaine distance et veille à la sûreté de tous. Debout à un endroit du plateau d'où il peut dominer les pentes accessibles de la montagne, l'œil aux aguets, l'oreille au vent, l'animal en vedette s'assure, de la sorte, si quelque danger vient menacer la troupe. A la moindre apparition d'un chasseur ou de quelque autre ennemi, il pousse un cri aigu, donne l'alarme et s'enfuit à l'opposé de l'ennemi qui le menace. Aussitôt tous les individus qui composent la troupe le suivent précipitamment.

Il s'agit donc d'abattre la sentinelle avant qu'elle ait pu donner l'alerte. C'est ce que le chapelain avait fait avec une grande habileté. Ce premier coup essuyé, les isards, pris au dépourvu, s'étaient jetés à la débandade dans toutes les directions. C'est ainsi qu'à leur passage désordonné du côté de notre poste, le P. Nadal avait brisé de son second coup de feu les jambes de l'un d'entre eux ; et que Jacques Galey fort expert, lui aussi, dans une pareille chasse, en avait abattu un troisième. Quant à mon coup de feu, j'avoue que je le tirai au hasard, n'étant pas dans les mêmes conditions où se trouvaient mes deux compagnons.

Le second plateau que j'avais à surveiller était aussi un remisage pour un autre troupeau d'isards. L'épouvante jetée dans un camp par le premier coup de fusil, se transmit dans le second et y produisit un tel désordre que la fuite devenant plus furibonde, les antilopes me mirent dans l'impossibilité nonseulement de les viser, mais, bien plus encore, de les percevoir dans leur fuite vagabonde, ce qui explique l'insuccès et l'inutilité de mon coup de feu.

Le soleil commençait à montrer ses premiers rayons à l'horizon, lorsque ayant attaché avec des cordes qui font partie des munitions du chasseur d'isards, les quatre pattes de chacune de nos trois victimes, nous descendîmes la montagne pour retourner au logis. Mais au lieu de prendre, cette fois, le chemin qui nous avait amenés à l'endroit où nous étions, le P. Nadal nous fit contourner la montagne, sur le versant opposé, de manière à suivre un sentier qui dessinait une longue courbe. Il nous donna l'explication de ce long détour en nous disant :

— C'est l'heure de se réconforter pour reprendre des forces ; et comme la distance est trop longue d'ici à la *capellana*, chargés comme nous sommes, nous allons faire une halte et un bon déjeuner à la *posada* du fray Hieronimo, que nous rencontrerons sur notre route. Un peu de courage et de la bonne volonté, et nous arrivons !

En effet, au bout d'une heure de marche par des sentiers assez praticables, nous arrivons sans encombre sur une large pelouse d'où l'on dominait trois ou quatre petites vallées peuplées d'habitations, en face d'un rocher surgissant en forme de portique, au sommet duquel apparaissait une immense croix de bois ; c'était l'ermitage de *San Piedro de Toberdena*, où nous allons faire ensemble une halte, si le lecteur veut bien me le permettre.

CHAPITRE VIII

L'ERMITAGE DE SAN PIEDRO. — MON DÉPART DE LA VALLÉE DE MONTGARRY.

Cette habitation, creusée dans le rocher par la nature et rendue logeable par la main de l'homme, s'ouvrait en forme de grotte représentant une première pièce presque carrée. De chaque côté se prolongeaient deux longs bancs grossièrement façonnés qui composaient tout son mobilier.

Le père Nadal ayant déposé sur un de ces bancs l'isard qu'il avait sur ses épaules, et nous-mêmes l'ayant imité, il se mit à crier de sa voix de stentor :

— Fray Hieronimo est-il encore en prières?

— Vous l'avez dit, padre Nadal, je termine mon office du matin, répondit une voix dont le son paraissait sortir des entrailles de la montagne.

Et presque aussitôt apparut sur le seuil d'une porte qui s'ouvrait au fond de cette première pièce un individu costumé en ermite, c'est-à-dire portant une robe de bure grossière, les reins sanglés par une corde graisseuse à laquelle était suspendu un long chapelet à grains énormes, et la tête à demi couverte d'un capuchon dont la pointe se rabattait sur ses épaules. Une longue barbe, noire comme du jais, lui descendait jusqu'à la ceinture, tandis que deux yeux vifs, pétillants, illuminaient une figure rubiconde et brillante de santé. C'était un homme d'environ quarante ans, qui, s'avançant vers nous lentement :

— Que Dieu, la Vierge, les anges et les saints du paradis soient avec vous! murmura-t-il avec un air confit de sainteté.

Puis, s'adressant au chapelain, qui n'avait extérieurement rien du prêtre, sous son costume original de chasseur :

— Et vous, père Nadal, continua-t-il, vous imitez toujours nos saints patriarches de la Bible, en chassant la bête fauve?

Et ce disant, il examine en fin connaisseur nos trois isards, les tournant par les pattes, soulevant leurs têtes par les cornes, les uns après les autres, et déterminant leur âge d'après la nuance de leurs peaux, comme eût fait un veneur consommé.

— Cette bête-ci, dit-il, en indiquant l'isard tué en vedette, a bien ses trois printemps sonnés; je ne vous conseille pas de mettre ses quartiers à la broche, père Nadal, vous auriez là un mauvais rôti. La chair de celle-ci a plus de mérite, en désignant celui qu'avait abattu le guide; c'est un chevrotin (*capricino*) qui n a qu'une année d'âge,il fera un excellent rôti. Celui-ci, (en palpant) n'est pas encore à dédaigner, préparé en civet, après deux ou trois jours de venaison, dès que la viande aura perdu un peu de son fumet sauvage. Vous avez là toujours, mon révérend chapelain, de la victuaille pour huit jours, serait-on cinq à s'en restaurer.

— Je le pense bien ainsi, fray Hieronimo, et ce sera vous qui serez le cinquième. Mais en attendant de pouvoir faire honneur, dans la *Capellana*, au produit de notre chasse, ne pourrait-on pas déjeuner à l'ermitage de San Piedro? car je vous avoue que je me sens en ce moment un bon appétit, et j'ai lieu de croire que mes compagnons ne sont pas moins bien disposés que moi à se mettre à table.

— L'ermite de San Piedro est pauvre; vous le savez, mon révérend; mais, grâce à Dieu! on trouve toujours chez lui quelque chose pour apaiser la faim : suivez-moi, mes frères, ajouta-t-il, avec un air plein de finesse.

Et aussitôt il ouvre une porte qui communiquait de cette première partie de la grotte avec l'intérieur du rocher, et nous introduit dans une seconde pièce éclairée par la lumière du jour qui s'y projetait à travers une lucarne pratiquée à la voûte et protégée contre l'air extérieur par un vitrage. Cette seconde salle me parut fort confortable pour un ermite. Elle était, comme la première, creusée par la nature, mais de forme oblongue avec une voûte très-élevée. Une forte table, pourvue de bancs en bois, s'étendait au milieu de la salle. A gauche, dans l'anfractuosité du rocher, apparaissait sur quatre pieds droits, dressés comme supports, une épaisse couchette en laine avec sa couverture qui me sembla être, au fond, un agréable lit de repos, quoique grossier dans la forme. A droite, on voyait les deux portes en bois d'un placard évidemment creusé dans la montagne. Diverses étagères taillées dans le rocher se montraient çà et là, supportant plusieurs ustensiles de cuisine. Enfin, à côté d'un foyer improvisé attenant la porte d'entrée, s'ouvrait une trappe qui faisait supposer l'existence d'un sous-sol ou d'une cave.

— Mettez-vous à table, *señores*, nous dit-il avec l'aplomb d'un maître d'hôtel dont le service des plats va commencer.

Et tandis que nous déposons sur la table nos gourdes et nos carniers, c'est-à-dire les quelques provisions qui nous restaient, l'ermite va ouvrir le placard et apporte sur la table, qu'il recouvre d'une nappe fine et d'une éclatante blancheur, des assiettes grises, et des tasses de la même faïence en guise de verres, qu'il place devant nous. Puis et successivement, comme pour attirer mieux notre attention, il dépose un magnifique jambon fumé à peine entamé, deux saucissons, une superbe volaille rôtie, une truite saumonée du poids de deux livres, cuite de la veille, un fromage des vallées, des fruits, du raisin, et un de ces gros pains de ménage d'une saveur exquise.

— Faites les honneurs de ma pauvre demeure, mon révérend chapelain, ajouta l'ermite qui, descendant par la trappe dans un souterrain, nous apporta une énorme amphore contenant environ six litres de vin, qu'il déposa à l'extrémité de la table.

Le repas fut, comme on le pense bien, accompli dans toutes les conditions voulues par un appétit que dix heures de chasse de nuit avaient aiguisé. Le vin aidant, la gaieté s'y mêla ensuite, si bien que fray Hieronimo, ce personnage si austère, nous donna un échantillon de cette folle joie qui ne semble devoir être l'apanage que des gens mondains. Il nous entonna, de sa voix de basse-taille, certains *romanceros* moitié chevaleresques et moitié érotiques, qui provoquèrent nos rires et nos applaudissements. Le père Nadal, ne voulant pas être en reste avec l'ermite, nous fredonna quelques airs de chasse, qu'il accentuait en imitant tantôt le son du cor, tantôt le bruit du fusil ; et chacun de nous apporta ensuite son contingent à ce concert comico-bachique, par quelques-unes de nos réminiscences musicales.

Il était neuf heures du matin quand, la dernière goutte de l'eau-de-vie de nos gourdes étant absorbée, nous nous levâmes de table et, jetant les isards sur nos épaules, chargés de nos armes et de nos gibecières, nous nous remîmes en route pour nous rendre à la *Capellana*. L'ermite nous ayant aidés dans nos chargements, le père Nadal lui donna rendez-vous pour le lendemain, au presbytère de Montgarri, et nous quittâmes ce saint lieu, comblant fray Hieronimo de toutes nos bénédictions.

En sortant de l'ermitage, je remarquai, non sans une certaine surprise, que ses alentours étaient cultivés avec un soin tout particulier. Un jardin potager, orné d'arbres fruitiers, se développait autour de l'ermitage ; une source d'eau vive, ombragée par des arbustes formant un berceau garni de fleurs odoriférantes, coulait aux pieds de la demeure rustique de l'ermite, et quelques oliviers, exposés au soleil du midi, étendaient çà et là leur panache vert sombre. Les environs de cette demeure pieuse étaient, en résumé, des plus charmants.

En descendant la montagne, et sous l'influence du vin généreux qui avait servi à notre repas, je me permis de demander au père Nadal quelques renseignements et sur l'ermite et sur l'ermitage que nous venions de quitter. Le chapelain, qui, au demeurant, était un homme franc et loyal, quoique prêtre, ne fit aucune difficulté pour répondre à ma demande.

— L'ermitage de San Piedro, me dit-il, existe depuis des siècles, et il est en très-grande vénération dans la contrée. Je ne vous raconterai point la légende qui fait remonter son origine à une très-haute antiquité, c'est-à-dire vers les premiers siècles du christianisme. Il me suffira de vous dire que sa fondation a eu pour motif des chagrins d'amour, comme on l'attribue, au reste, à la plupart de nos institutions religieuses d'Espagne. Le contact des mœurs des chrétiens avec celles des Maures a donné naissance à ces légendes, plus poétiques qu'historiques.

Quoi qu'il en soit, l'ermite qui a précédé le fray Hieronimo, et que j'ai bien connu, était un digne et saint cénobite. Il y a cinq ans qu'il est décédé dans cet ermitage, et il était âgé de quatre-vingt-un ans. Il vivait dans cette solitude depuis soixante ans. Tout le monde vous dira, dans nos vallées, que le père Antonio était un saint par l'austérité de la vie qu'il menait dans la solitude, et par les bons conseils qu'il donnait à ceux qui venaient le consulter. Et je suis de cet avis.

Quant à fray Hieronimo, tout ce que j'en sais, c'est que le lendemain du jour où nous portâmes dans sa dernière demeure, là-bas, dans le cimetière de Talaru, le corps de frère Antonio, l'ermitage se trouva avoir un nouvel hôte, et cet hôte était lui. Comment et par quel droit lui succéda-t-il? à moins que ce ne soit en vertu de ce principe.: *le premier occupant*, nul ne le sait. Quel est le fray Hieronimo? d'où vient-il? quelle est son origine? Je l'ignore. Toutes suppositions à son sujet sont possibles. Toujours est-il que c'est un bon vivant, comme vous voyez; et j'ajouterai encore que sa conduite privée n'a offert, jusqu'à ce jour, rien de répréhensible aux yeux des fidèles.

— Mais comment vit-il dans sa solitude? ajoutai-je à ces explications qui venaient de m'être données.

— Le fray Hieronimo, me répondit le chapelain, comme tous les ermites, se consacre exclusivement à la prière, et vit ensuite du produit des quêtes qu'il fait dans toutes ces vallées qui nous environnent. Or, les quêtes se divisent en deux catégories : les quêtes extraordinaires, qui ont lieu les fêtes de la Toussaint, de la Noël, de la Pentecôte, de Pâques, de la Fête-Dieu et de l'Assomption de la Vierge; les quêtes ordinaires sont sous la dépendance des besoins et des fantaisies de l'ermite.

Pour effectuer les unes et les autres, l'ermite se munit d'un vaste sac de toile grise, et va parcourir les villages de ce district, où, au moyen de certains offices et de quelques prières qu'il récite dans l'intérieur des habitations, il reçoit des provisions qui consistent en jambon, lard, saucisses, légumes, œufs, farines, etc.; et lorsque le bissac est plein, il remonte à sa demeure solitaire, où il dépose sa provende. Les courses qu'il fait dans ce but se continuent plusieurs jours, pendant lesquels il est nourri et hébergé par les fidèles; de sorte que, tout calculé, les absences de fray Hieronimo de son ermitage peuvent être fixées à un total de six mois dans l'année. Il passe le reste du temps dans sa retraite soit en prières, soit en travaux de culture, ce qui ne l'empêche point de recevoir, le cas échéant, les visiteurs qui viennent le consulter ou passer, comme nous l'avons fait, quelques instants agréables avec lui.

— En résumé, ajoutai-je à mon tour, je vois que la profession d'ermite n'est pas bien difficile à exercer, et que ses produits en valent bien une autre.

Le padre Nadal ne fit que sourire à mon observation, tout en poursuivant notre route, au bout de laquelle nous allions arriver. En effet, nous dominions le village de Montgarri, qui ne nous paraissait éloigné que d'environ deux kilomètres. En moins d'un quart d'heure, nous faisions notre entrée triomphale dans la *Capellana*, où le père Manuel, la joie peinte sur sa face rubiconde à la vue des isards dont nous étions charges, vint nous recevoir.

Je séjournai pendant trois jours encore dans cette paisible demeure des chapelains; et pendant ces trois jours il me fut donné de me rendre compte, de plus en plus, de l'habileté culinaire du père Nadal, qui nous prépara des menus à déconcerter Brillat-Savarin lui-même. Je ne citerai seulement de ses recettes que la préparation d'une sauce piquante servie avec un quartier d'isard rôti, qui n'a pas sa pareille dans aucun ouvrage de cuisine. Elle était composée d'ail, de piment, de ciboules, d'oranges amères et de safran, qui constituaient une sauce d'un relevé à la recommander spécialement aux Américains du Sud, dont le palais de la bouche est à l'épreuve des préparations les plus acides et les plus pimentées.

Nous eûmes encore, pendant ces trois jours, la visite du fray Hieronimo, qui fut l'hôte des chapelains. Je dois reconnaître que je me faisais de l'ermite une tout autre idée que celle que m'en donna le fray Hieronimo. Je ne puis mieux faire comprendre l'effet que me produisit cet ermite par ses faits et gestes, que par celui qu'offrirait un vieux dragon s'étant affublé du froc de saint Antoine. Dans les manières de fray Hieronimo il y avait certainement du militaire; et je ne serais pas étonné qu'il fût un des soldats de l'ancienne bande du général Mina, qui, quelques années auparavant, parcourait ces contrées.

Nos trois jours de fêtes et de ripailles terminés, j'annonçai à nos deux chapelains que j'allais quitter les vallées le lendemain, pour continuer le cours de mes études artistiques. La vérité me force à reconnaître que ce fut avec un très-grand regret qu'ils apprirent mon départ. Le père Manuel surtout parut regretter beaucoup qu'en souvenir de mon passage dans la contrée, je ne lui laissasse pas une de mes esquisses. Je lui promis que je lui enverrais un de mes tableaux à mon arrivée en France. Le lecteur verra que j'ai su tenir ma promesse. Après un adieu cordial de part et d'autre, nous nous dîmes adieu, la veille de notre départ, à dix heures du soir.

CHAPITRE IX

LA CABANE D'UN PATRE.—NOTRE ARRIVÉE CHEZ LE CORRESPONDANT PACHECO, ALCADE DE LLESP.

A cinq heures du matin, nous quittions la vallée de Montgarri, en suivant la route qui, à travers les montagnes, devait nous conduire dans la Cerdagne espagnole, où m'appelaient les affaires de notre maison. La journée s'annonçait sous les plus heureux auspices : le ciel était sans nuages et le soleil, qui montrait déjà son disque rayonnant au niveau du sommet des montagres, nous présageait une journée de chaleur.

Depuis Montgarri jusqu'à la demeure de don Padillos, qui se trouvait sur notre chemin, notre marche s'effectua lestement et sans encombre. Après une halte d'une heure à la résidence du correspondant de la maison que je représentais, et où j'appris que la contrebande florissait plus que jamais, grâce à la guerre civile, je dis un dernier adieu à notre hôte si bienveillant dont j'admirais le génie audacieux et entreprenant. En le quittant, je ne pus m'empêcher de faire le rapprochement suivant entre la demeure du chef contrebandier et la localité de Montgarri que nous venions de quitter. On eût dit que la *ciudad* de don José et la chapellenie étaient éloignées l'une de l'autre de cent lieues de distance, tant elles différaient entre elles. Là, régnaient le mouvement, l'activité, l'industrie, provoqués par un homme d'énergie, qui appelait à lui, dans son coin de montagne, les forces vives de la production; ici, c'était le calme, la paix, la paresse, ne laissant à ses quelques habitants de la vallée féodale aucun moyen de pouvoir produire utilement. Dans le premier on voyait en petit ce que pouvait être, un jour, l'Espagne industrielle et commerçante, si elle eût voulu tirer parti de ses richesses territoriales ; dans la seconde s'immobilisait la vieille Espagne, fanatique, nonchalante et n'entrevoyant d'autre avenir possible pour elle que dans la conservation des vieilles idées et des vieux abus.

Il était dix heures du matin quand nous quittâmes la *Ciudad* de don José Padillos pour gravir la montagne, qui commençait au pied de la résidence pour se perdre dans l'espace. Je me confirmai alors dans la remarque que j'avais déjà faite à part moi, à savoir que les montagnes qui constituent ce qu'on appelle les vallées espagnoles sont loin de se ressembler entre elles. Les unes sont dénudées, sans arbres et n'offrant que des roches grisâtres dans leur construction ; les autres ne sont qu'à demi boisées et n'ayant pour toute plantation que des pins et des sapins ; quelques-unes sont dépourvues de toute sorte d'arbustes, à la place desquels se trouvent des pelouses verdoyantes. Celle dont nous opérions l'ascension différait de toutes celles que j'avais parcourues pendant mon voyage : elle était boisée depuis la base jusqu'au sommet. L'orme, le palmier et le cerisier sauvage, la vigne folle garnissaient de leurs branches touffues les anfractuosités de la montagne, tandis que des chênes verts remplaçant les pins et les sapins, s'étendaient sur le versant que nous gravissions, dont le sol était tapissé d'herbes et de plantes de toutes sortes que nous foulions sous nos pas.

Afin de me renseigner sur cet étrange changement de topographie relativement à la végétation, comparée à tout ce que j'avais vu jusqu'alors dans ses vallées, j'en demandai la cause à Jacques Galey.

— Nous sommes ici, me dit-il, sur le versant nord des Pyrénées, ce qui explique comment vous voyez des ormes, des chênes, des bouleaux, etc., tandis que vous n'avez parcouru jusqu'à présent, que le versant méridional de ces montagnes, où le pin et le sapin peuvent seuls s'acclimater. Aussi vous pouvez remarquer la grande différence qui existe entre ces deux côtés des Pyrénées par l'abondante et luxuriante végétation qui nous entoure sur cette montagne, comparée à celles que vous avez déjà traversées.

L'observation du guide me parut fort juste. Afin de la compléter à un autre point de vue, je lui demandai encore si les bêtes féroces étaient plus communes sur le versant nord que sur le versant du midi.

— Nul doute, me répondit-il, que les animaux sauvages, se convenant mieux dans les endroits couverts, boisés et qui peuvent les cacher aux regards de l'homme, ne préfèrent le versant nord des Pyrénées, qui leur offre des retraites cachées par l'épaisseur des bois et des forêts. Ainsi, par exemple, cette partie de la montagne que nous gravissons, vers notre gauche, est très-renommée pour servir d'asile aux ours qui descendent, en hiver, dans les vallées, du côté de France. Je ne serais pas étonné si nous en rencontrions quelqu'un sur notre chemin.

— Ce ne serait pas à souhaiter, répondis-je aussitôt, dépourvus, comme nous sommes, d'armes à feu.

— Ne craignez rien, monsieur Balthazar, ajouta le guide en souriant, quand nous trouverions un ours sur notre passage, il ne nous ferait aucun mal. On se fait, à tort, une idée fausse de la férocité de cet animal. Pendant cette saison, l'ours trouve dans les fruits sauvages qui abondent dans cette montagne boisée, une nourriture suffisante, et il n'attaque ni l'homme ni les bestiaux, lorsqu'il n'est pas pressé par la faim. Il suffirait si nous en rencontrions un sur notre sentier, de nous détourner de trois à quatre pas du côté de son chemin, pour éviter de nous trouver en face de lui. Il ne daignerait même pas venir à notre rencontre. Il n'en est pas de même pendant l'hiver, alors que la nourriture lui faisant défaut dans les bois, il se laisse conduire par le besoin de la faim. Il attaque alors résolûment les bestiaux et même l'homme. Ce n'est donc que pendant la saison rigoureuse, que l'ours devient un animal dangereux.

Pendant que Jacques Galey me faisait des récits plus ou moins étranges sur les mœurs et les habitudes des ours des Pyrénées, nous atteignîmes le sommet de la montagne dont nous venions d'effectuer l'ascension sous un couvert presque continuel d'ombrage, formé par ces immenses bois touffus que nous avions traversés.

Il était environ trois heures de l'après-midi, lorsque nous fîmes une halte forcée sur la verte pelouse où nous étions arrivés. Le ciel se couvrait de nuages épais ; l'air que nous respirions était sec et brûlant ; les oiseaux s'enfuyaient à tire-d'aile dans leurs nids; un calme plat précurseur de l'orage régnait dans l'atmosphère.

— Monsieur Balthazar, me dit le guide, après avoir inspecté le ciel et l'horizon, nous allons avoir un fameux orage ! La prudence veut que nous cherchions au plus vite un abri. A l'endroit où nous sommes, il ne faut pas songer à descendre dans les vallées de la Cerdagne qui s'étendent là-bas sous nos yeux. Je connais tout près d'ici une cabane de pâtre, allons nous y réfugier.

Nous descendîmes la pente de la montagne opposée à celle que nous venions de gravir, et en moins d'un quart d'heure nous entrions dans la cabane, au moment où les éclairs commençaient à sillonner les nues et le tonnerre à faire entendre ses terribles roulements.

Située sur un mamelon qui dominait la vallée de Llesp, à l'abri d'un bois qui la couvrait du côté du midi, cette cabane était en ce moment sans hôtes. Sa construction me parut fort remarquable dans son genre. Elle était formée de quatre murs en pierres sèches comprenant un espace d'environ dix mètres carrés. Des fagots tressés en branches lui servaient de toit, étant placés et entrelacés à angle obtus. Au-dessus de ces branches, une couche de terre glaise sur laquelle étaient superposés de forts madriers et de larges pierres d'ardoises le mettait à l'abri des ravages de la pluie. Dans son intérieur régnait la plus grande simplicité. En entrant, à gauche, se trouvait un foyer où l'on voyait suspendu un vaste chaudron en métal rempli de lait, devant servir à la fabrication des fromages ; au fond, à droite, apparaissait un immense lit de camp sur lequel, en guise de matelas, on avait étendu une épaisse couche de feuillages. Là se bornait tout son mobilier.

Le guide, qui était fort au courant des mœurs des bergers pyrénéens, me dit en entrant dans la cabane :

— Il n'y a personne ; mais les pâtres ne doivent pas être bien loin. L'orage qui menace d'éclater bientôt les a forcés à aller dans le fond de la vallée rassembler leurs troupeaux pour les ramener ici dans le parc. Nous allons bientôt les apercevoir.

Ce que le guide appelait un parc était un espace d'environ un hectare carré, dont l'enceinte était formée de pierres d'un mètre d'élévation, et qui commençait à la cabane en se prolongeant sur l'inclinaison de la montagne. Deux ouvertures que les bergers des Pyrénées appellent des *portes* apparaissaient aux deux extrémités de cette enceinte ; l'une touchait presque à la cabane, et l'autre se trouvait à l'opposé du parc, c'est-à-dire à son extrémité.

Le guide ne s'était pas trompé dans ses prévisions. Nous

étions depuis cinq minutes à peine sur le seuil de la cabane, que nous entendons les aboiements des chiens, le bruit des sonnettes des troupeaux et les sifflets aigus des bergers qui, du fond de la vallée, venaient de notre côté en poussant devant eux les bestiaux confiés à leur garde. En moins d'un quart d'heure, nous vîmes entrer dans l'enceinte du parc, par la porte opposée à celle où nous étions, une immense quantité de moutons, de vaches, de chevaux, qui se rendaient pêle-mêle et en toute hâte dans ce lieu de refuge.

Et bientôt après apparurent à nos yeux trois pâtres, dont le costume singulier m'est toujours resté gravé dans la mémoire. Il se composait d'une calotte en drap découpée en côtes, dont les unes étaient jaunes et les autres bleues, qui couvrait la tête de chacun d'eux ; une veste en peau de chèvre, garnie de ses poils abritait leurs épaules et leur donnait un air sauvage ; d'énormes guêtres de drap de Cadix marron entouraient leurs jambes, tandis que d'énormes souliers ferrés chaussaient leurs pieds. Un couteau-poignard inséré dans une gaîne en bois rattachée par une courroie à leur ceinture, et un solide bâton ferré aux deux bouts qu'ils tenaient à la main, complétaient leur accoutrement.

Les troupeaux étant parqués, ils s'avancèrent vers nous, accompagnés de cinq gros chiens des Pyrénées portant un collier garni de longues pointes de clous affilés, sans paraître le moins du monde étonnés de notre présence en ces lieux.

Après les compliments d'usage, qu'échangea le guide avec eux dans l'idiôme du pays, nous entrâmes tous ensemble dans la cabane au moment où l'orage éclata avec la plus grande fureur. Je crois n'avoir jamais vu se déchaîner sur terre une pareille tempête. La foudre grondait aux alentours de la montagne avec une incessante persistance ; des rafales qui régnaient dans toute la vallée faisaient entendre d'horribles crépitements produits par les arbres et les rochers qu'elles entraînaient dans leurs tourbillons ; et une pluie torrentielle tombait du ciel, au point de faire croire à un second déluge.

Tandis que la nature semblait ainsi se débattre au milieu du désordre des éléments en furie, j'admirais la tranquillité de ces pâtres qui ne paraissaient nullement étonnés de cette révolution atmosphérique; j'admirais encore la solidité de la cabane, qui restait ferme et inébranlable, au milieu des secousses dont les forêts, les arbres et les rochers qui l'entouraient semblaient la menacer; mais j'admirais surtout, en les plaignant, ces troupeaux parqués qui, exposés aux rigueurs d'une pluie diluvienne, restaient calmes et immobiles, se pressant les uns contre les autres, comme s'ils eussent voulu se prêter mutuellement aide et protection.

Cette tempête dura environ deux heures, qui me permirent d'avoir une idée exacte des mœurs et des habitudes des pâtres pyrénéens, au bout desquelles, après avoir fraternisé ensemble aux dépens de nos provisions, nous les quittâmes. Le ciel était devenu serein et la journée avait repris son calme du matin. Pendant que, de leur côté, ils faisaient sortir les troupeaux de leurs parcs pour les ramener dans les pâturages, de notre côté nous descendions la montagne pour arriver avant la nuit au bourg de Llesp, but de notre voyage.

— C'est pourtant une étrange existence que celle qui est menée par ces pâtres ! dis-je au guide, en poursuivant notre route.

— Et c'est l'existence que j'ai menée moi-même pendant dix ans, me répondit Jacques Galey ; elle n'est pas aussi triste qu'elle peut vous le paraître.

Et à ce sujet, après avoir émis quelques propositions fort contestables, à mon avis, sur les avantages qu'il y a pour l'homme à vivre loin de la société, il m'apprit que les bergers pyrénéens restaient ainsi errants dans ces vallées pendant cinq mois de l'année, n'ayant d'autre société que les troupeaux et leurs chiens; qu'ils ne recevaient des vivres, de la part des habitants dont ils gardaient les bestiaux, que tous les quinze jours, et qu'arrivés dans ces parages au commencement de juin, avec leurs troupeaux, ils ne rentraient dans leurs villages que vers la fin d'octobre.

Le guide m'apprit encore sur l'instinct des animaux, le courage et la fidélité des chiens des Pyrénées, des faits assez curieux que je ne crois pas devoir passer sous silence. Ainsi l'approche d'un loup ou des loups est généralement pressentie par les troupeaux; lorsque leur féroce ennemi rôde aux environs, brebis, moutons, vaches, bœufs, mulets se réunissent dans un espace de l'endroit où ils se trouvent, le plus propice à leur défense. Les brebis et les moutons se placent au centre, et tout autour vont se poster les bœufs, les chevaux et les mulets, les uns tournant leurs cornes à l'ennemi et les autres lui présentant la ferrure de leurs pieds de derrière. Tandis que la troupe se met de la sorte sur la défensive, les chiens font l'office de tirailleurs, s'avançant résolûment vers la bête féroce qui menace le troupeau. Si le loup, poussé par la faim, ose braver ces dispositions hostiles, il est rare qu'il ne soit pas victime de son audace. Le loup mort, les troupeaux reprennent paisiblement leurs anciens campements.

— Si les bergers ne reçoivent de vivres frais que tous les quinze jours, fis-je observer à mon guide, leurs repas doivent se ressentir de ces longs retards; il ne leur est pas aisé de *faire souvent fête*, comme ils disent dans leur langage.

— Ils savent y pourvoir quand ils veulent avoir de la viande fraîche. Ils tuent alors un mouton, dont ils mettent la mort sur le compte de la rapacité des loups. Les propriétaires des troupeaux connaissent si bien ce procédé que, tous les ans, ils sacrifient d'intention une douzaine de têtes de bestiaux à son exigence. On sait ce que signifient, dans la bouche des pâtres, ces paroles : *voracité des loups.*

Tout en devisant de la sorte, nous arrivâmes, sans nous en apercevoir, au bourg de Llesp, situé au pied de la montagne que nous descendions et au confluent de deux torrents, dont l'un se dirigeait vers l'intérieur de la Cerdagne espagnole, du côté de la Catalogne. En entrant dans la rue principale, qui portait alors le nom de *la calle del Rey* (rue du Roi), où se trouvait la demeure de l'alcade don Pacheco, nous aperçûmes une grande agitation parmi les habitants : ce qui nous parut d'autant plus étrange qu'en général, à huit heures du soir, les villages des vallées espagnoles sont ordinairement plongés dans le calme le plus profond. Jacques Galey s'étant informé auprès d'un habitant de la cause de cette émotion, il lui apprit qu'une troupe d'environ cinq cents carlistes venait établir son quartier provisoire dans le bourg, et que les chefs qui la commandaient se trouvaient, pour cela, en conférence avec l'alcade. Or leur présence en ce moment était loin de rassurer les habitants de Llesp, impatients de savoir ce qu'ils avaient à craindre ou à espérer de cette entrevue nocturne.

Quant à nous qui n'avions pas les mêmes craintes qu'eux et dont, à tout prendre, la visite à l'alcade n'avait rien d'hostile, nous continuâmes à suivre la rue jusqu'à la demeure de don Pacheco où nous entrâmes aussi résolûment que César à Rome, lorsqu'il eut passé le Rubicon. L'alcade était, en ce moment, dans un grand salon, entouré de sept à huit officiers carlistes assez mal équipés qui faisaient partie de la division de Zumalacarreguy, un des plus braves généraux de Charles V. A notre vue, l'alcade s'empressa de venir nous demander qui nous étions, tandis que les officiers, de leur côté, nous regardaient d'un air peu rassurant pour nous. Lui ayant décliné mon nom et l'objet de ma visite, don Pacheco s'empressa de nous faire conduire dans une salle voisine, se hâtant, sans doute, à son tour, d'aller rassurer les visiteurs de l'ordre militaire sur notre personnalité.

J'ignore ce qu'il put leur dire à notre endroit; mais ce que je puis affirmer c'est que, grâce à la carte cabalistique que m'avait donnée don Ramirès du val d'Aran, je me trouvai bientôt dans les meilleurs termes avec les officiers carlistes, dans les circonstances suivantes.

La conférence étant terminée, l'alcade put m'accorder un moment d'audience, pendant lequel je lui expliquai sous quel nom et à quel titre je voyageais, quelles étaient les instructions de ma maison pour lui, et ce que j'avais à attendre de son intervention à ce sujet. Tout en me rassurant sur le compte des officiers carlistes auxquels il m'engagea de cacher l'objet spécial de ma mission, il me renvoya au lendemain pour s'expliquer avec moi sur nos affaires commerciales.

— En attendant, ajouta-t-il, vous et votre guide, vous devenez mes hôtes, et vous allez prendre place à la table commune, où vont également s'asseoir les officiers que vous venez de voir. Je vous recommande seulement la discrétion avec eux.

Je n'avais pas besoin de cette recommandation, je savais trop bien par ma propre expérience, qu'à l'étranger et surtout à l'époque d'une guerre civile, on ne saurait avoir trop de prudence.

Ce qui m'étonna singulièrement, ce fut l'amitié que, sur la simple vue de la carte mystérieuse donnée par don Ramirès, me vouèrent tous les officiers carlistes, pendant le repas qui leur fut donné, le soir, et auquel j'assistai. Je dois faire observer qu'ils ne m'adressèrent aucune question touchant la politique, tandis qu'ils se livraient, de leur côté, à toutes les déclamations plus ou moins injustes que peut inspirer l'esprit de parti, et dans lesquelles la moralité de la reine Christine et l'avenir de la jeune Isabelle ne furent pas épargnés. De mon côté, je conservai le mutisme le plus absolu.

Après ce repas, tout empreint de propos animés sur la guerre, entreprise au profit de la légitimité représentée par le prétendant Charles V, je me retirai dans une chambre qu'on avait préparée, pour le guide et moi, afin d'y passer la nuit, en attendant, pour le lendemain, une entrevue particulière avec notre hôte, conformément à ces paroles qu'il me jeta, en me souhaitant une *buena noche :*

— A demain les affaires sérieuses !

CHAPITRE X

EXCURSION A LA SEU D'URGEL. — LE BUEN-RETIRO DE LA DUCHESSE DONA CARMEN DE MONTANOS.

A cinq heures du matin, le tambour, qui battait la générale dans les rues de Llesp, me réveilla en sursaut. Le guide et moi nous nous hâtâmes de nous habiller pour savoir ce que signifiait cet appel aux armes dans une vallée et au sein d'une bourgade dont la paix et la tranquillité n'avaient jamais été troublées, au milieu même des guerres et des révolutions qui avaient troublé l'Espagne depuis le commencement du siècle.

Nous descendîmes du premier étage au rez-de-chaussée, dans le cabinet de l'alcade, où il se trouvait assis devant un bureau, en train de signer des feuilles de réquisition à l'usage des soldats carlistes ; et comme nous lui demandâmes la cause de cette alerte guerrière :

— Ce n'est rien, nous dit-il ; ce sont cinq cents hommes qui nous arrivent et qu'il faut tâcher d'héberger et de nourrir au meilleur marché possible. Vous comprenez, monsieur Balthazar, ajouta-t-il, qu'en pareille circonstance il faut aller au plus pressé et que, par conséquent, il m'est impossible de nous entretenir aujourd'hui ensemble des affaires de votre maison. En attendant, voyez à vous distraire de votre mieux, et nous verrons demain si nous aurons plus de loisir pour causer en particulier. Dans tous les cas, vous avez toujours ici le logement, la nourriture et mes bonnes grâces!

Je remerciai l'alcade de sa généreuse hospitalité, et lui ayant exprimé le désir que j'avais de le laisser tout entier à ses affaires de magistrat, je lui appris que j'allais profiter de la circonstance pour faire une excursion d'agrément dans les vallées environnantes. Après avoir donné son approbation à cette absence momentanée, il nous indiqua, comme but d'excursion à faire, la Seü d'Urgel, capitale du district.

Tandis que les rues du bourg se remplissaient de soldats carlistes en quête de nourriture et de logements, ce qui le faisait ressembler à une ville prise d'assaut, m'adressant à Jacques Galey :

— Partons d'ici, lui dis-je ; prenons notre équipement de voyage et allons visiter la Seü d'Urgel; car aussi bien ces gens de guerre me font mal à voir.

Cela dit, nous nous mîmes en route après quelques poignées de main distribuées à des officiers que nous trouvâmes dans la rue, étonnés de notre départ précipité, auquel nous donnâmes un prétexte d'études artistiques à faire dont j'avais un pressant besoin.

Une distance de douze lieues nous séparait de la Seü d'Urgel en traversant les montagnes ; il nous en eût fallu vingt si nous avions suivi la plaine, à cause du grand circuit qu'il fallait faire. Ce dernier chemin est plus facile et plus commode que le premier ; c'est néanmoins celui-là que nous suivîmes, parce qu'il est plus pittoresque et qu'il ne nous exposait pas à la rencontre des guérilleros, que je tenais en piètre estime.

Dans cette contrée, les montagnes des Pyrénées offrent aux voyageurs qui les traversent moins de difficultés que celles du centre de l'immense chaîne qui commence à Bayonne et finit à Perpignan, c'est-à-dire qui sert de trait d'union entre l'Océan et la Méditerranée. Elles sont moins élevées, généralement boisées et offrent des chemins praticables aux piétons et aux mulets. Aussi notre trajet s'effectua-t-il assez agréablement et sans trop de fatigues. Rien de bien remarquable ne s'offrit sur notre passage, si ce n'est le fait suivant.

Nous gravissions le revers de la montagne de Soldeu, derrière laquelle s'élevait la cité de la Seü d'Urgel, lorsqu'à moitié chemin de la montagne, nous rencontrons un muletier catalan, ainsi qu'on pouvait en juger par son costume, qui descendait rapidement la montagne.

— Bonjour, lui dit le guide en l'abordant ; où allez-vous aussi précipitamment ?

— Il m'est arrivé malheur, répondit celui-ci d'un air consterné ; mon petit mulet, qui portait deux charges de vin, est tombé dans un trou près du port, et il s'est cassé une jambe. Je vais dans la vallée chercher une autre bête, afin de pouvoir transporter mon vin à la Seü d'Urgel. Que Dieu vous garde !

Après ce court dialogue, le muletier poursuivit sa route, tandis que Jacques Galey me dit en forme de réflexion :

— Son pauvre mulet ! Vous allez voir, M. Balthazar, dans quel état nous allons le trouver !

En poursuivant notre route, nous arrivons précisément à l'endroit où était tombé le mulet. Nous en étions éloignés d'environ cent mètres, quand le guide, ramassant des pierres, les jette dans cette direction en poussant des clameurs et courant sus avec son bâton ferré, à mon grand étonnement.

Tout à coup je vois s'élever de la terre dans l'air une bande d'aigles et de vautours, les serres garnies de lambeaux de chairs sanglantes, poussant des cris affreux et s'envolant à tire-d'aile au-dessus des précipices, vers des anfractuosités de rochers suspendus sur des abîmes, où ils avaient sans doute leurs aires. J'avais suivi au pas de course mon guide, et nous nous trouvâmes ensemble en présence du pauvre mulet, qui, en moins d'une heure, avait été disséqué, mis en pièces par les

nous en louâmes un qui, au moyen de deux mulets, nous transporta en poste, c'est-à-dire en moins de douze heures, à notre nouvelle résidence. Pendant ce trajet de douze heures dans cette magnifique plaine de la Catalogne qui borde les montagnes des Pyrénées, il me fut facile d'avoir une idée du caractère des muletiers et des services réels qu'ils rendent aux voyageurs. Une halte que nous fîmes, pendant ce voyage, dans une mauvaise *posada* (auberge) isolée qui se trouvait sur notre route, me permit d'étudier les mœurs de ces étranges messagers espagnols qui s'y trouvaient, en ce moment, réunis en une troupe d'une vingtaine d'individus, se transportant en divers endroits par des directions différentes.

A notre arrivée à Llesp, nous trouvâmes la localité délivrée des troupes carlistes que nous y avions laissées en train de faire des réquisitions, et l'alcade lui-même très-enchanté d'en être débarrassé.

— Ils nous ont enfin quittés, ces braves partisans de Carlos quinto, me dit-il en m'abordant ; que Dieu fasse qu'ils ne reviennent plus nous faire leur visite ! Nous en avons assez de la guerre civile. Et vous-mêmes, ajouta-t-il, qu'avez-vous fait pendant ces trois ou quatre jours d'absence?

Après lui avoir raconté, en quelques mots, notre visite à la Seü d'Urgel et lui avoir fait part de nos impressions de voyage :

— A propos, me dit-il, en interrompant mon récit, le lendemain de votre départ pour votre excursion, la señora dona Carmen, duchesse de Montanos, a envoyé ici son majordome pour vous prier de vous rendre auprès d'elle ayant une communication importante à vous faire. Mais comme les affaires de votre maison doivent vous tenir plus à cœur, je pense, que les fantaisies capricieuses de la duchesse, nous allons d'abord causer ensemble de ces affaires.

Et en disant ces mots, Don Pacheco me conduisit dans le

salon particulier où, affectant de prendre un air mystérieux, il m'apprit que ses plans de contrebande avaient été contrariés par l'arrivée des troupes carlistes; qu'il n'opérait pas comme les autres correspondants de notre maison qui centralisaient chez eux les articles de la contrebande; qu'il avait des agents disséminés dans les vallées environnantes, et que c'était par leur intermédiaire qu'il faisait passer les laines en contrebande à travers les frontières ; qu'il n'avait pu leur donner encore le mot d'ordre, mais qu'il les ferait avertir dans la journée et qu'il espérait, de la sorte, pouvoir me donner le résultat de ses démarches et le chiffre de l'envoi qu'il pourrait faire à notre maison. Cette information, ajouta-t-il, exigera encore, de votre côté, une résidence de trois jours parmi nous. Vous tâcherez de les passer le plus agréablement possible.

J'avoue que ce retard dans mon voyage me contraria; mais comme, en définitive, je ne pouvais l'éviter sans préjudicier aux intérêts de la maison que je représentais, je me soumis aux exigences de la situation. Et comme, pour y faire diversion, s'offrait la visite du majordome de la duchesse de Montanos qui commençait à m'intriguer, je résolus de la mettre à profit, si la circonstance s'offrait de nouveau.

La duchesse, qui avait une résidence princière dans son *buen-retiro*, situé à deux kilomètres de Llesp, dans un délicieux vallon, entouré de cascades, de ruisseaux, d'arbres et de prairies, le tout ceint d'un mur surmonté d'une immense grille en fer doré, était dame d'honneur à la cour de Ferdinand VII, à l'époque où ce roi moribond signa le fameux statut qui violait la loi salique en Espagne, pour faire passer les droits de sa couronne sur la tête de la jeune Isabelle, sa fille. Elle fut une des premières à désapprouver cet acte du monarque qui, au lit de la mort, abolissait ainsi de son autorité privée le principe de la légitimité, base fondamentale de la monarchie espagnole. Aussi, dès que don Carlos eut levé l'étendard de la guerre civile pour maintenir ses droits au trône usurpé, selon lui, par la reine Christine, mère d'Isabelle, la duchesse de Montanos fut une des premières à soutenir les droits du prétendant envers et contre tous.

En conséquence, elle quitta la cour brouillée avec la reine régente et se retira dans cette partie des montagnes de la Catalogne où elle contribua à fomenter la révolte par sa présence et par l'argent qu'elle fournissait aux partisans carlistes. Son zèle et son activité politiques étaient tels que tout le bas-Aragon, communément appelé *les pays basques*, qui se trouvait au pouvoir de don Carlos, semblait n'avoir pour quartier général que le *buen-retiro* de la duchesse.

Aussi bandes carlistes, officiers-recruteurs, insurgés, déserteurs de l'armée de la reine, étaient-ils toujours assurés de trouver dans cette résidence, hospitalité, secours et encouragements. Elle était Aragonaise, c'était tout dire; elle avait le courage et l'opiniâtreté des habitants de l'Aragon. On connaît le proverbe : « Donnez un clou à un Aragonais, il préfé-« rera, pour l'enfoncer, sa tête à un marteau. »

Ma présence dans la localité lui avait été révélée, sans doute, par les officiers carlistes que nous trouvâmes à notre arrivée à Llesp, dans le domicile de l'alcade, et auxquels j'avais communiqué ma carte cabalistique. Comme je passais, à leurs yeux, pour un artiste peintre, je présumais que c'était sans doute cette dernière qualité qui avait pu me faire distinguer par la noble dame qui avait sa police à elle, et exciter sa curiosité. Je ne m'étais pas trompé dans mes prévisions.

Le lendemain de notre retour de l'excursion que nous venions de faire à la Seü d'Urgel, le même majordome dont m'avait parlé l'alcade vint, de la part de la duchesse dona Carmen, m'inviter à vouloir bien me rendre auprès d'elle pour une communication particulière qu'elle avait à me faire. La politesse d'abord, mon intérêt privé ensuite, m'engagèrent à accepter sans hésiter cette invitation; et j'annonçai à cet intendant tout galonné de la tête aux pieds, que dans une heure je serais au *buen-retiro*, aux ordres de la duchesse.

En ma qualité de touriste, je pouvais me dispenser de faire de grands frais de toilette; d'ailleurs, l'eussé-je voulu, la chose m'eût été impossible. On sait que, grâce à mon guide, je n'avais emporté avec moi que le strict nécessaire. D'un autre côté, Llesp n'était pas une localité assez importante pour avoir des magasins de confection où l'on pût trouver des habillements sur l'heure. Force me fut donc de m'approprier de la manière la plus convenable, selon la circonstance, et de me présenter à la résidence de la duchesse dans les conditions d'un artiste en voyage.

Il était deux heures de l'après-midi, lorsque j'arrivai sous le péristyle de la porte d'entrée du palais d'été de la duchesse. Je fus reçu par le même majordome que j'avais vu le matin chez l'alcade de Llesp, lequel, avec une gravité toute sénatoriale, me dit en me voyant :

— Je vais vous annoncer à la *serenissimo* duchesse !

Il me quitta, en me laissant seul dans une antichambre revêtant la forme d'un pavillon, garnie de meubles aux couleurs sombres et sévères. Au bout de quelques minutes, il vint me rejoindre et me fit signe de le suivre; nous longeâmes une galerie ornée de colonnettes, s'ouvrant d'un côté sur une cour carrée (ce qui la faisait ressembler aux promenoirs des anciens cloîtres), au bout de laquelle nous nous trouvâmes en face d'une élégante porte carrée ornée d'arabesques d'or sur un fond bleu. Mon introducteur l'ouvrit aussitôt en tournant une poignée en argent et, me cédant le pas, j'entrai dans un salon de forme demi-circulaire qu'on aurait pu prendre, à son agencement, aux meubles qui le garnissaient et surtout à la lumière du jour qui y pénétrait par le plafond à travers des vitraux de couleurs différentes, pour un boudoir, ou mieux encore pour un oratoire.

Quoique les dimensions de cette pièce fussent très-restreintes, je ne distinguais pas bien les objets qui s'y trouvaient, ma vue n'étant pas habituée à la clarté douteuse d'une lumière composée de rayons divers empruntés aux couleurs de l'arc-en-ciel, lorsque du fond de l'oratoire une voix de femme douce et sympathique prononça ces mots en un français que trahissait quelque peu l'accent castillan :

—Monsieur le peintre, donnez-vous la peine de vous asseoir !

Et le majordome approchant aussitôt un fauteuil devant un superbe bureau, derrière lequel s'élevait un de ces siéges en bois sculpté du moyen âge, au dossier triangulaire dessiné en ogives, je me trouvai en face de la duchesse qui y trônait au milieu desplis abondants d'une robe où se perdaient les formes de son corps mince et délicat, autant que je pouvais en juger par les lignes fines et aristocratiques de son visage, que je commençais à entrevoir. Un teint blanc que rendaient plus mat encore des cheveux noirs et abondants, qui s'enroulaient autour de sa tête, des yeux vifs et pétillants qui semblaient lancer des éclairs, malgré la placidité apparente des lignes de la physionomie, une petite bouche pleine de finesse, ornée de deux rangées de perles, et un large front proéminent, signe caractéristique d'une volonté ferme et énergique, constituaient à mes yeux la personnalité de la duchesse de Montanos. Ajoutez à ces avantages physiques, renfermés dans un corps de vingt-cinq ans à peine, une immense fortune, et l'on aura une idée de cette jeune femme, qui pendant huit ans fut le plus ferme soutien de la cause du prétendant Carlos Quinto, et qui tint en échec les armées de la Reine, dans les contrées basques et les vallées espagnoles.

— Mes gens m'ayant appris, continua-t-elle après m'avoir invité à m'asseoir, qu'un artiste français se trouvait de passage dans nos vallées, je vous ai fait appeler auprès de moi pour vous faire une commande ; seriez-vous disposé à l'accepter?

— Je suis aux ordres de madame la duchesse, répondis-je en m'inclinant ; mais intérieurement je maudissais le titre de peintre dont m'avait gratifié malencontreusement le guide, et qui à la chapellenie de Montgarri, comme dans le *buen-retiro* de la duchesse, pouvait me jouer un mauvais tour.

— Je désire, continua-t-elle, avoir mon portrait signé par un artiste français. Ce n'est pas que mes traits n'aient été maintes fois reproduits par le pinceau ; je possède des portraits qui sont l'œuvre de maîtres fort estimés ; vous allez en juger.

Et agitant une sonnette d'or placée à la portée de sa main, je vis presque aussitôt s'ouvrir dans l'angle de l'oratoire deux immenses rideaux bordés de crépines d'or, à travers lesquels apparut une jeune camériste, vive et alerte, à laquelle la duchesse adressa quelques mots en espagnol. Elle disparut comme un éclair, pour revenir un instant après lui apporter un coffret artistement ciselé, que la señora Carmen, comme l'appelaient familièrement les habitants de la contrée, s'empressa d'ouvrir, et d'où elle retira quatre cadres ornés d'or et de pierreries, qui encadraient autant de miniatures. Et me faisant passer une de ces miniatures :

— Voilà, me dit-elle, l'œuvre d'un artiste espagnol ; qu'en pensez-vous?

Le lecteur comprendra tout mon embarras pour répondre à une pareille interpellation. J'examinai néanmoins la miniature en homme de l'art, et après m'être convaincu, quoique fort peu expert en pareille matière, que le dessin était ferme, les traits bien rendus, la ressemblance assez bien réussie, et surtout le décolleté de la partie supérieure du buste gracieusement rendu :

— Ce portrait est admirable, madame la duchesse, lui dis-je avec tout l'aplomb et toute la gravité dont je me sentais pourvu, et la peinture en est irréprochable. C'est, à mon avis, ajoutai-je sentencieusement en lui remettant la miniature, un petit chef-d'œuvre.

— C'est aussi l'opinion que m'ont exprimée plusieurs de vos confrères, répliqua-t-elle avec un air visible de satisfaction dans lequel se montrait l'amour-propre flatté de la femme; je suis bien aise que votre avis lui soit conforme.

Et successivement elle fit passer sous mes yeux la seconde miniature, signée par un peintre italien; la troisième, due au pinceau d'un peintre bavarois; et, enfin, la quatrième, qu'avait peinte un artiste de Londres et où éclataient les procédés et le genre vaporeux de l'école anglaise. Je fus obligé d'émettre mon opinion sur chacune de ces œuvres; et l'on comprendra que je le fis un peu au hasard et le plus brièvement possible. Je dois pourtant ajouter que la duchesse, de plus en plus flattée de voir ses traits si justement appréciés par un artiste français, trouva mon opinion conforme, en tous points, à la sienne. Malgré mes connaissances très-bornées en matière d'art, je dois faire la remarque que la duchesse, quoique fort adonnée, disait-on, à la dévotion, ne s'effrayait pas des nudités qui s'étalaient dans ses portraits. Je dois ajouter, à ce sujet, que ce furent les parties de ces divers portraits qui me parurent les mieux rendues par les quatre artistes. C'est du moins l'opinion que je me faisais à part moi, et que l'amour-propre de la duchesse, si perspicace en pareille matière, parut soupçonner de son côté; ce qui ne contribua pas peu à rehausser mon mérite dans son esprit.

A peine cet examen rapide des quatre miniatures fut-il terminé, l'ayant abrégé le plus possible, que la jeune duchesse, se levant de son siége, s'avança gracieusement vers une des portières de son salon, qu'elle m'indiquait de son éventail, en me disant :

— Permettez-moi, maintenant, monsieur le peintre, de vous aire visiter ma galerie de tableaux!

Et cette femme qui, assise, m'avait semblé de petite taille, m'apparut, debout, grande, svelte et élancée. Ses mouvements vifs étaient pleins de grâce et de noblesse, toute sa démarche avait un air de grandeur qui m'étonna. Précédés du majordome qui souleva les portières cachant l'issue de la galerie, nous y entrâmes ensemble. Autant la lumière du jour avait été affaiblie dans son salon, autant elle éclatait dans cette nouvelle pièce éclairée par un ciel ouvert, qui avait été ménagé dans toute sa longueur. De chaque côté des murs, recouverts de riches tapisseries, apparaissaient deux rangées de tableaux, dont le nombre et la variété éblouirent ma vue. Se faisant alors mon cicerone, la jeune duchesse me donna l'explication de chacune des toiles devant lesquelles nous défilions, avec une intelligence de l'art et une complaisance qui m'étonnèrent.

— Vous voyez ici, me dit-elle, un tableau de Velasquez qui fut commandé à ce grand maître par un de mes ancêtres. Ce Murillo a été peint exprès pour ma famille. Le Ribeira qui vient après est le chef-d'œuvre de ce peintre ; il a été donné à mon bisaïeul par notre bon roi Charles IV.

Et successivement elle passa en revue toutes les toiles, assignant à chacune son origine, émettant son avis et me demandant le mien qui, comme on le pense bien, ne différait guère de celui de la duchesse. Ce fut ainsi soixante-quinze tableaux que nous passâmes en revue, dont j'avais hâte de voir la fin. Nous arrivâmes enfin devant la dernière toile tout récemment peinte. C'était le portrait en pied de Charles V, le prétendant au trône d'Espagne, qui se trouvait alors à la tête de l'insurrection carliste.

— Je vous présente, dit-elle, en s'inclinant devant le tableau, l'image *du roi d'Espagne*, en dépit du statut royal et de la reine Christine. Dieu et son bon droit sont pour lui, et sa cause a pour elle la fortune et la vie de tous les bons Espagnols. Sa ressemblance est frappante !

En prononçant ces mots, les traits impassibles de la duchesse s'étaient animés tout à coup, ses yeux vifs lançaient des éclairs et tout son corps frêle et gracieux s'agitait convulsivement, comme si un esprit fatidique l'eût animé. J'avais devant moi le fanatisme politique dans la personne d'une faible femme.

J'approuvais de mon silence cette exaltation momentanée, n'ayant pas pour ma part de meilleure approbation à donner. Une fois calmée et ayant repris son sang-froid, la duchesse revenant à l'objet principal de ma visite :

— Eh bien ! monsieur le peintre, à quand la première séance pour commencer mon portrait.

— Madame la duchesse, lui dis-je après une minute de réflexion qu'expliquait mon embarras et qu'elle mit, sans doute, sur le compte de ma bonne volonté à tenir exactement ma promesse, madame la duchesse, trois jours me sont nécessaires encore pour terminer des croquis inachevés ; après ce délai indispensable, je serai à vos ordres. J'aurai, au reste, l'honneur de les prendre, la veille du jour où je pourrai être à votre disposition.

Ma réponse parut la satisfaire ; et ce point arrêté, elle m'accompagna à travers plusieurs pièces richement meublées, jusqu'à la galerie extérieure, où me laissant à la conduite du majordome, elle me salua gracieusement en me disant : *Au revoir !*

De mon côté, je me hâtai de quitter le *buen-retiro* pour me rendre le plus promptement possible au domicile de l'alcade de Llesp, où don Pacheco et le guide m'attendaient fort intrigué au sujet du résultat de ma singulière visite. Après leur avoir donné quelques explications à ce sujet, je terminai le jour même les affaires de ma maison de commerce avec l'alcade, et j'arrêtai notre départ pour le lendemain, en priant don Pacheco de garder le secret de ce départ; et comme, en définitive je ne voulais pas être en reste de politesse avec la duchesse de Montanos, je lui écrivis une lettre dans laquelle je lui annonçais que des nouvelles arrivées de France me forçant de rentrer immédiatement dans ma patrie, je regrettais bien vivement de ne pouvoir tenir la promesse que je lui avais faite. Mais je prenais l'engagement de revenir en Espagne pour la remplir, le plus tôt qu'il me serait possible. Je remis ma lettre à l'alcade avec prière de ne la faire parvenir à son adresse que le lendemain, après notre départ.

Toutes mes affaires ainsi réglées en Espagne, nous nous disposâmes à quitter la contrée pour rentrer en France.

TABLE DES MATIERES

Imprimerie DUFOUR et Cie, impasse Bonne-Nouvelle, 5.

www.ingramcontent.com/pod-product-compliance
Ingram Content Group UK Ltd.
Pitfield, Milton Keynes, MK11 3LW, UK
UKHW021551260726
13993UKWH00002B/775

9 782329 142111